抗战中的海外赤子

黄学佳　林亚茗　编著

南方日报出版社
NANFANG DAILY PRESS
中国·广州

图书在版编目（CIP）数据

抗战中的海外赤子 / 黄学佳，林亚茗编著. -- 广州:南方日报出版社，2017.12
ISBN 978-7-5491-1763-5

Ⅰ. ①抗… Ⅱ. ①黄… ②林… Ⅲ. ①新闻报道—作品集—中国—当代 Ⅳ. ①I253

中国版本图书馆 CIP 数据核字(2017)第 284100 号

KANGZHAN ZHONG DE HAIWAI CHIZI
抗战中的海外赤子

编　　著：黄学佳　林亚茗
出版发行：南方日报出版社
地　　址：广州市广州大道中 289 号
出 版 人：周洪威
出版策划：周山丹
责任编辑：陈盈璐
装帧设计：陈圆圆　劳华义
责任技编：王　兰
责任校对：阮昌汉
经　　销：全国新华书店
印　　刷：广州市岭美文化科技有限公司
开　　本：889 mm×1194 mm　1/32
印　　张：6
字　　数：180 千字
版　　次：2017 年 12 月第 1 版
印　　次：2017 年 12 月第 1 次印刷
定　　价：38.00 元

投稿热线：（020）83000503　读者热线：（020）83000502

网址：http://www.nfdailypress.com/

业界与学界联合采访，既有新闻事实的呈现，又有历史沉淀的思想光芒的闪烁；既有传统媒体的权威视角的切入，又有新媒体丰富多彩的互动——“抗战中的海外赤子”系列报道对海外赤子在中国抗战胜利中的特殊贡献的全方位展示，具有强烈震撼力。而在这基础上汇集而成的《抗战中的海外赤子》一书，使这一震撼力得以延伸。作者和编者在追寻抗战历史足迹中传递了家国情怀，激发了可贵的民族精神。

——暨南大学新闻与传播学院院长、教授、博士生导师　**范以锦**

“抗战中的海外赤子”主创团队

南方日报

王垂林　刘江涛　林亚茗　曹　斯
洪奕宜　黄学佳　林旭娜

暨南大学

唐　欢　刘　蓓　庄楚锐　王华玲　申婉婷
王　添　温　存　马敏之　叶敏韬　张梓望
唐　丽　张　娟　邹心晨　方凌燕　杨曦萌

致　谢

广东省侨办
汕头市委宣传部

长怀赤子心　海外筑长城

"抗战中的海外赤子"采访团队

"我们万众一心，冒着敌人的炮火前进！"

抗日战争期间，全国人民浴血奋战，抗击日本侵略者。同时，在全世界，海外华人华侨也全力支持抗战，奔走呼号，慷慨解囊，甚至献出了宝贵的生命。经过半个多世纪的风雨，这段历史及亲历者渐渐远去，但却绝不应该消失。

广东是全国第一大侨乡。在纪念中国人民抗日战争暨世界反法西斯战争胜利70周年前夕，南方日报和暨南大学新闻与传播学院组织采访团队，赴海外多个有关国家展开专题采访。忆往昔，峥嵘岁月稠。几个月来，从温哥华、华盛顿到马六甲、曼德勒、新加坡、吉隆坡，再到云南畹町、香港……"抗战中的海外赤子"采访团队万里追寻，唤醒记忆，打捞历史，刻录下海外赤子不灭的形象。

从2015年7月起，《南方日报》及新媒体陆续推出"抗战中的海外赤子"系列报道，为海外赤子对中国抗战胜利的特殊贡献写下浓墨重彩的一笔。同时，《南方日报》海外版《今日广东》同步向海外华文媒体传送，美国《侨报》《美中报导》、泰国《星暹日报》、柬埔寨《华商日报》和《加拿大商报》等合作媒体反响强烈，刊载40多篇次。

2015年9月3日上午，纪念中国人民抗日战争暨世界反法西斯战争胜利70周年大会在北京天安门广场隆重举行。来自135个国家和地区的约2000名侨界代表，包括不少参加过抗战的侨胞家属应邀观礼。看着阅兵方阵滚滚铁流，他们挥舞手中的国旗，仿佛看到先辈为国奋战的身影。一些侨领代表，对于《南方日报》这组系列报道表示感谢，认为这将鞭策他们继承先辈光荣传统，为中国的强盛贡献力量。

打捞历史·捐输救国筑长城

盛大的阅兵式上，雄壮的乐曲，铿锵的步伐，将侨胞的思绪拉回到山河喋血的岁月。

从“九一八”事变开始，各国侨团侨社就在“团结抗日”的口号下组成抗日救国统一战线，世界各地抗日团体最多时近4000个。

国难当头，远在异国他乡的侨胞奔走呼号，捐款捐物支持抗战。无论巨商富人，还是小贩、洗衣工，无不慷慨解囊。据统计，当时海外侨胞有800万，其中400万为抗战捐款。抗战期间华侨捐款总计超过13亿元法币，侨汇超过95亿元法币，占当时中国军费的43%。

“旅美各城镇的华侨，凡50人以上都纷纷组织救国会，每周捐款。”华盛顿101岁的侨领李达平，至今仍清晰记得那山呼海应的阵势。

不少生活困难的侨胞也积极捐款，令人动容。印尼华侨马细旦是伤残人士，只能以手代步，每日爬至市中心，“乞钱为祖国难民请命”，将所得全捐给华侨慈善会。

菲律宾侨社负责人告诉南方日报记者，侨领李清泉领导华侨国难后援会，为十九路军汇去巨款慰问，并带领侨胞捐了15架飞机。他因劳累过度病重，临终嘱咐再捐10万美元。其好友及侨团继承遗志，又为抗日筹资40万美元。

在泰国蚁光炎纪念堂，蚁锦桐向我们讲述了其父的事迹：暹罗中华总商会主席蚁光炎，倾心尽力投入到支持中国的抗日救亡运动，领导侨胞捐款超600万元法币。他因此成为日伪的眼中钉，于 1939 年惨遭暗杀。血泊中的蚁光炎留下了这样的壮志豪言：“中国必定胜利！”

多少海外赤子，放弃优越的环境、安稳的生活，毅然回国，或从军杀敌，或服务前线。据统计，当年仅回国参军参战的粤籍侨胞就有 4 万多人。中国当时歼击机飞行员中华侨占 3/4，成为空军作战主力。

由侨领陈嘉庚领导的南洋华侨筹赈祖国难民总会招募的 3900 多名华侨司机和修理工，活跃在中国抗战的生命线滇缅公路上。我们找到了 98 岁的黄铁魂、100 岁的许海星……他们至今仍能清晰讲述当年的惊险经历。他们冒着枪林弹雨，将 45 万吨战略物资运送到抗战前线，1800 多名南侨机工为此献出了生命。

年仅 15 岁的缅甸华侨少年颜生来不及与家人告别便奔赴战场。他写信安慰母亲：“亲爱的妈妈，您是那样疼我，但是我竟然离开了。恳望您不要流泪，要为有一个孩子能够回国效力、杀敌救亡而高兴。”

讲起当年不顾家人的反对回国参战，104 岁的马来西亚归侨郑国雄豪情依旧：“国难当头，哪有不为国出力的？我从来没有后悔过。”

留住记忆·赤子壮举无怨悔

阅兵式上，抗战老兵行进在受阅方队最前面，接受祖国和人民的致敬，金灿灿的勋章映照着沧桑的脸庞。

此时，千里之外的缅甸曼德勒，印度归侨、远征军老兵林峰正在子孙陪伴下观看电视直播，见证这一历史性时刻。3 个月前，这名九旬老兵讲述了那战火纷飞的故事，还对着摄影镜头行了一个标准的军礼。

同在缅甸的远征军老兵刘大江 2015 年 5 月在接受采访时

还声如洪钟："当年，我去参军时想，上战场难免伤亡。为免父母得知伤心，就改名'大江'——'大江东去，浪淘尽，千古风流人物'，不是很豪迈吗？"98 岁的刘大江盼着回国看阅兵式，谁也没想到，2015 年 6 月，向来身体硬朗的他溘然辞世。

七十年弹指一挥间，当年青春年少的海外赤子渐渐老去。从广东到东南亚、到南北美洲，再辗转来到云南畹町……记者一路寻觅、打捞，用笔和镜头记录下这些有血有肉的故事。

新加坡 108 岁的钟彩合说，当年，她丈夫郑潮炯将未出生的儿子卖掉，换得 80 元钱，捐到支援中国抗战的组织，义举感动了东南亚侨界。中华人民共和国成立后，一家人在周恩来总理的关怀下得以团聚。"没有国哪有家……"我们记下了钟彩合一生最常念叨的话。不想，采访后不到一个月，新加坡来电，钟彩合老人走了。

2015 年 8 月 27 日，纪念南侨机工回国抗日活动在原滇缅公路中国段终点云南畹町举行,30 多名南侨机工后人冒着细雨，前来缅怀先人。在白菊环绕的纪念碑前，102 岁的南侨机工翁家贵诉说着他无怨无悔的真情。

我们远赴美国，寻访那些与飞虎队有关的亲历者。最年轻的是"飞虎将军"陈纳德遗孀陈香梅，已 90 岁；还有飞虎队老兵，陈锦棠 92 岁、黄廷深 94 岁、李超 97 岁……他们追忆当年长空歼敌、穿越天险，依然豪情万丈。

幸运的是，我们找到了他们；遗憾的是，有的初见竟成永诀。

血肉相连·光辉历史映未来

在阅兵式现场，巴拿马中华商会主席黄伟文连发了 18 条视频和照片。

"在观礼台，看着一队队威武的战士、一排排精良的战车和一行行威武的战鹰，我们更加感受到祖国的强大，为成为中华民族的一分子而深深地感到自豪，也更加珍惜今天。”

人们应当永远铭记，在世界反法西斯战争的东方主战场，地无分南北，人无分老幼，同仇敌忾，唱响《义勇军进行曲》；人们应当永远铭记，在地球各个角落的数百万侨胞，长怀赤子心，海外筑长城，高扬保卫世界和平的大旗。

在推出“抗战中的海外赤子”系列报道后，世界各地反响热烈：海外赤子共赴国难，爱国忘身，那些可歌可泣的故事，给予侨胞极大激励。

马来西亚侨领胡万铎先生点评：“后人不知晓历史，就不会以史为鉴。”

海外侨胞也在用不同的方式铭记前辈功业，来纪念和留住这段厚重的历史。

参加过二战的美军华人医官曹棣华，将珍藏的军服、勋章、照片捐给了广东华侨博物馆；被誉为“虎痴”的美籍华裔收藏家陈灿培，近年来奔波于国内外，收集与展示飞虎队文物，让这段见证中美携手抗敌的历史被更多人知晓；美国华人作家招思虹，踏遍了旧金山的华人家庭，找到不少抗战宝物，为祖国“背”回了一段段沉甸甸的历史……

2015 年 8 月 15 日，海外第一座抗日战争纪念馆在美国旧金山隆重开馆。发起人、美国著名华人企业家方李邦琴女士，在开馆仪式上慷慨陈词：“我们要尽一份海外华人的心力，以中国的视角向世界讲述这段历史。”

文字和文物，宛如时间和记忆的“引线”，那一头是刻骨铭心的赤子情怀，这一头是血肉相连的声声召唤。

留住抗战记忆，祈福世界和平，让历史照亮未来！

2015 年 9 月 3 日

林亚茗：老侨团都有好故事

地点：美国夏威夷、泰国曼谷、缅甸仰光

天如纱，海如缎，花如锦，夏威夷美得好似人间天堂。在这个人们连美国本土的事情也不大关心的地方，我们却在华人社团看到了海外华侨与中国、与广东千丝万缕的联系。

在百年侨团——四大都（广东中山）会馆里，大叔大婶们已经是第三四代生活在这里，都以英文交流，端出来的却是粤式点心。他们自豪地展示会馆传家宝：既有孙中山签字支援辛亥革命的募捐收条，也有写着“抗战必胜”支持抗日的捐款收据。

侨团，是在海外漂泊的华人抱团抗击风浪、寻求温暖的一艘船。在世界各地，广东籍的百年侨团有100多个，几乎每个老侨团都有好故事。

在中国抗战的危急时刻，在东南亚华侨社团的号召下，连华文学校学生们也省去了早餐，省去了袜子，也省下了理发钱；欧洲、非洲的华人司机，艰难地避开德意法西斯的鹰爪，投入了中国抗击日本法西斯的战场。他们的目的都是——助中国一臂之力。

南方日报记者林亚茗（中）、曹斯（右）在泰国曼谷采访抗战侨领廖公圃后人廖锡麟

曹斯：刘大江的遗愿

地点：缅甸仰光、泰国曼谷

“我叫刘大江，是远征军的一员。”

那天，我们顶着缅甸仰光40摄氏度的酷热，踏上逼仄陡峭的楼梯，见到一位98岁的远征军老兵，他中气十足地自我介绍。

刘大江是安徽太和县人，于1937年投笔从戎，后来加入远征军。他走过野人山、密支那等最艰苦的地方，目睹戴安澜将军牺牲。

刘老铆足劲儿给我们讲往事，不时地喘几口粗气。尽管将近百岁，老人的豪迈劲儿丝毫不减当年，真让我们吃惊。

当老人说到他在抗日战争胜利后，不愿打内战而留在缅甸，从此开始教授华文时，他的精力似乎一下子耗尽了，再也无法说下去……

不料，距我们采访刚刚过去一个月，一则缅甸仰光当地华侨发来的微信撞击心坎——“刘大江老人走了。”

时间无情。回国参加纪念抗战胜利的大阅兵，成了刘大江的遗愿。

南方日报记者洪奕宜（右）在旧金山采访华人收藏家招思虹女士

洪奕宜：沧桑文物会说话

地点：美国旧金山、加拿大温哥华

碎瘦肉、花生、姜丝、胡椒粉、香菜……一碗浓粥端到我们面前，熟悉的家乡味一下子扑鼻而来，竟让我们感动得鼻子酸溜溜的。

在旧金山屋仑社区的美国华人收藏协会里，秘书长招思虹女士热情地招呼她的“小伙伴们”，给我们盛上美味的浓粥。一碗粥之后，我们的采访便从“一碗饭运动”开始。1941 年，中国抗日到了最艰苦的时候，为支援抗战，海外和香港发起了“一碗饭运动”，募捐方式是发售餐券，认购者可持券到提供赞助的饭店吃炒饭一碗，发售餐券的所有收入，全数支援前线抗战。

沧桑文物会说话。飞虎队员合影、华侨出国证明、金山箱、“一碗饭运动”徽章……每一件文物背后都有一段沉甸甸的历史，都藏着一个个感人的故事。

南方日报记者黄学佳（左）在新加坡采访郑潮炯妻子钟彩合（右）及其子郑社义

黄学佳：海外赤子情怀浓烈

地点：马来西亚、新加坡

新加坡怡和轩俱乐部是南方日报新马组采访的第一站。在怡和轩俱乐部的一楼先贤馆中，俱乐部理事李秉萱博士向我们介绍了怡和轩和南侨总会的光荣历史。李博士认为怡和轩的陈嘉庚时代，超越帮派利益，承载历史重任，因此注定是个不平凡的时期。

在新加坡，我们还拜访了108岁高龄、当年卖子筹款救国的郑潮炯妻子钟彩合。

马来西亚之行最意外的收获，便是能够拜访西马地区唯一幸存的南侨老机工。南侨机工正是海外侨胞对于国内抗战的有力支援，这一段历史一直被人们所忽视，马来西亚怡保市退休华文老教师刘道南自费成立搜研室，力图弥补历史真空，通过他的引荐，采访组得以拜访到老机工黄铁魂先生，并拿到南侨机工的相关历史资料。

二战的硝烟已经散去有70年，但海外侨胞的赤子情怀却未曾改变，无论是在新加坡还是在马来西亚，最让记者感动的是他们的执着与坚毅。新加坡潮州会馆每年都会举行潮州节，弘扬传统民族文化；马来西亚当地华社，深受政策限制，不屈不挠，坚持华文教育，迄今保持着东南亚地区最为完整的华文教育体系；马来西亚的二战研究会的成员，坚持真理，捍卫历史真相，多次前往日本大使馆抗议；退休老教师刘道南，入狱八年，出狱后一直从事华文教育，晚年患上心脏病仍一直坚持历史资料的搜集和研究。他们的执着与热情，让记者深切感受到海外赤子情怀的浓烈。

南方日报记者林旭娜（左）在美国纽约采访飞虎队老兵陈锦棠

林旭娜：再许一个和平的愿

地点：美国纽约、华盛顿

在纽约、在华盛顿、在旧金山，我们努力寻访，希望再见见那些已经90多岁的飞虎队员。幸运的是，我们见到了其中几位。

“卷入战争是时势所迫。”飞虎队通信兵陈锦棠说，回国抗战是他们这代美国华人无法回避的选择，“我十多岁从台山逃到香港，从香港又逃到美国，20岁从美国回国，都是因为战争，为了活命和尊严。”

在战争电影中，我们无数次看过相似的画面：前一天还活蹦乱跳的青年，因为一颗子弹，瞬间死亡。越是深入抗战题材的采访，我越是清晰地看到残酷和无奈。二战结束70多年了，让回望历史的我们，再许一个和平的愿。正如飞虎队纪念亭的建立，不光是记载那光辉感人的一页，也哀悼那无法重来的青春。

目　录

壹

侨胞们在海外筑起抗日长城

1931 年“九一八”事变后，千百个侨团侨社在“团结抗日”的口号下第一次同心携手，在海外组成了抗日救国的统一战线。研究资料显示，在 1931 年到 1945 年这段非常时期，全球成立了 900 余个专门抗日的救国组织。海外赤子们组成延伸到世界五大洲的海外抗日民族统一战线，对中国抗战做出重要贡献。南方日报记者采访到 101 岁高龄的李达平，这位曾任全美福利总会主席的老人就亲身经历了这个万众一心的时刻。

2015年5月的母亲节，南方日报采访组赶上了在美国华盛顿举行的由中国合唱团主办的音乐会。除了歌颂母亲，音乐会下半场演出转到纪念抗日战争胜利70周年的主题。气势磅礴的《黄河大合唱》，在座无虚席的大厅里响起。

这场音乐会，拉开了当地华人纪念抗战胜利的帷幕，各种活动和媒体报道异彩纷呈。连那些“90后”——以马里兰大学一批华人学生为主的年轻人，也在网络上开设了纪念二战专栏，用英文向西方读者介绍华人抗战故事。时任中国驻美使馆副总领事张毅在大使馆向南方日报记者说，70年前，海外侨胞在毁家纾难之时，团结一心地支持祖国抗战。今日，大家的纪念也是中华儿女的共同心声和共同行动，是中华民族铭记历史、面对未来的希望所在。

当年，日本侵略者的铁蹄悍然踏进中国，故土硝烟四起，生灵涂炭。远在异国他乡的1100万海外侨胞，为救亡图存奔走呼号、慷慨解囊，乃至牺牲生命。

1931年的“九一八”事变后，千百个侨团侨社在“团结抗日”的口号下第一次同心携手，在海外组成了抗日救国的统一战线。研究资料显示，在1931年到1945年这个非常时期，全球成立了900余个专门抗日的救国组织。海外赤子们组成延伸到世界五大洲的海外抗日民族统一战线，对中国抗战做出重要贡献。南方日报记者采访到101岁高龄的李达平，这位曾任全美福利总会主席的老人就亲身经历了这个万众一心的时刻。

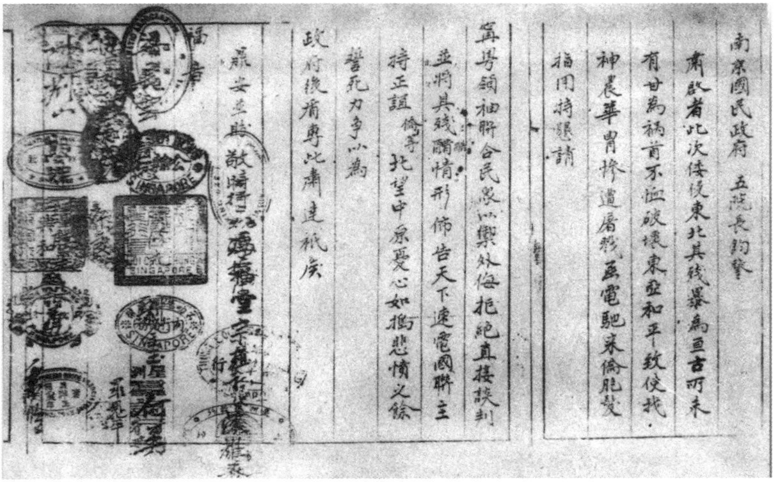

南京國民政府 五院長鈞鑒
肅啟者此次倭侵東北其殘暴為亘古所未
有甘為禍首不恤破壞東亞和平致使我
神農華胄慘遭屠戮亟電馳來僑胞髮
指同持懇請
冀吾領袖聯合民衆以禦外侮拒絕直接談判
並將其殘酷情形佈告天下速電國聯主
持正誼 僑等 北望中原憂心如擣悲憤之餘
誓死力爭以為
政府後盾專此肅達祇候
鼎安並賜

“九一八”事变后，海外华侨纷纷致电中国政府要求抗日。图为新加坡十八侨团于1931 年 9 月 28 日发往南京的快邮代电

延伸

早期移居海外的华侨，为了团结互助，自救自卫，联络感情，共谋生存与发展，或以血缘宗亲，或以地缘同乡，或以业缘同行为纽带，自发建立起各类华侨社团，以图互助联谊与自治。华侨社团成为早期华人社会重要的组织形式，也是华侨社会的重要支柱和中枢。华侨社团组织的产生有其社会、政治和经济等方面的根源，是华侨社会的核心和缩影。对外，这些组织在传播和弘扬中华传统文化、促进中外文化交流、推动华人移民适应新环境等方面起着重要作用；对内，其在调解华人社会自身经济或社会纠纷、维护华侨社会稳定和发展等方面贡献良多。到了抗战时期，海外社会组织承袭地缘、血缘、业缘这三种基本的组织方式，在原有社团上进一步发展壮大，此外还诞生了不少政治、文化类团体。

不能联合抗日则死

海外侨胞早年出洋打拼，历经艰难困苦，甚至孤独地死在异乡。为了抱团取暖和壮大势力，各种侨团侨社应运而生。同姓、同乡、同行、同教、同思想，各国华侨社团共计 3500 余个，相互之间有差异有矛盾，犹如千百条不同流域和流向的河溪。

然而，遥远的中国传来炮响，打破了社团的这种平衡和平静。“日本侵略，山河变色。军阀割据，各省称王。列强瓜分，侵占海港。”在纽约市唐人街美国华裔博物馆里，这一段中英文歌词让我们恍如置身于那段悲伤岁月，感受到侨胞对家国苦难的牵挂和愤恨。

1932 年，十九路军在上海力挫日军。其中，由 200 多位华侨组成的华侨抗日救国义勇军也直接参战。海外侨胞闻讯无不热血沸腾，备受鼓舞。他们看到了希望，开始有组织地积极行动起来，在各国揭露日本侵华罪行，开展援助抗日的活动。这期间，团结一心渐渐成了越来越多侨胞的心声。当时的华文报纸《纽约商报》评论有言：“……在国内则入室有人，留海外则求生无地，处于今日之中国民众唯有两途：抗日则生，不抗日则死；联合则能抗日，不能联合则只有降日。”

随着抗日形势日渐紧张，海外侨社日渐抛弃各种成见与隔阂，整合社团力量，来支持中国的抗日。1934 年 4 月，抗日名将蔡廷锴周游欧、亚、美、澳等洲数十个国家和地区，这更是侨团团结的一次大行动。台湾旅美学者刘伯骥写道，当一路上宣传抗日的主张、控诉日寇罪行的蔡将军到达美国

美国纽约侨领伍锐贤向记者展示他收藏的纽约华侨欢迎蔡廷锴照片原件

■ 延伸

1932年1月28日，日本又在上海燃起战火，制造“一·二八”事变。驻守上海的国民政府十九路军在军长蔡廷锴、总指挥蒋光鼐的指挥下奋起抵抗，淞沪抗战爆发。十九路军奋起抗击日军，一洗“九一八”事变以来国民政府妥协退让带来的耻辱，令海外侨胞振奋和欣慰。事变一发生，各地华侨纷纷发电致函慰问。越南堤岸华侨报纸《群报》发出号外，以特大号标题刊登《蔡廷锴大胜日军》的报道。菲律宾华侨致电蔡廷锴，赞扬十九路军的抗日壮举“开民国以来未有之光荣”。同盟会元老、新加坡侨商林义顺听闻淞沪抗战，抱病连发十多封电报，号召侨胞起来抗日救国。美国纽约华侨团体及个人亦向蔡廷锴将军致电慰问、祝贺。加拿大蒙特利尔、渥太华等地华侨纷纷向蔡廷锴本人和上海商会拍发声援电。巴拿马中华商会致电国内，“要蒋、蔡两将军继续作战，自当尽力筹饷”。这些函电既凝聚了侨心，又鼓舞了抗日将士的士气。

后，纽约侨领司徒美堂亲自向各大城市的安良堂布置保安任务，并会同其他侨领联合组织欢迎活动。纽约各界侨胞组织了盛大的欢迎大会，3000余人在码头迎接，空中还有3架飞机盘旋，蔡廷锴和侨胞们分乘300余辆汽车前往会场。那种阵势不仅令每个侨胞激动，也令其他族群人士感动。

这一情景，记者在纽约得到印证，洪门致公堂仍保存着蔡廷锴访美时的老照片。侨胞陈美嫦女士给我们出示其父亲、衣联会元老陈金坚收藏的旧报纸，各报均有各大侨团“迎蔡”轰动场面的详细报道。这些海外华社对待抗日英雄的表现，显现出海外华侨社会对抗日的态度已经高度趋于一致。以陈嘉庚为首的南侨总会为例，它汇集了东南亚各帮派、各行业、各团体组织，领导成员有侨领、社会名流、记者、教师和基层群众的代表。美国旧金山的旅美华侨统一义捐救国总会，既有国民党右派参加，也容纳了美国共产党华人部、万国工人保险互助会三藩市分会等左派团体的代表。

有军事专家分析，中华民族的近代史之所以屡遭侵略，除了制度的原因之外，就是因为民众如一盘散沙。唯抗日战争，使海内外中华儿女同仇敌忾，共御外侮。这是中华民族精神的觉醒，是中华民族命运的绝地重生。

五大洲华人结成抗日救国团体

欧洲是法西斯肆虐的另一个地区，而身在欧洲的侨胞们在自身难保的情况下仍然开展支持中国的抗日救亡运动。在七七事变前，英、法、德、荷、比、葡、瑞士等国，以首都为中心的全国性的华侨抗日救亡组织已经建立。

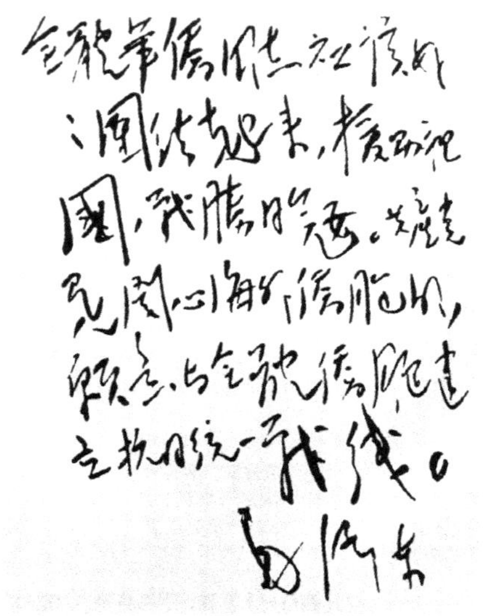

1938 年 3 月，毛泽东在延安为海外侨胞题词

■ 延伸

抗战全面爆发后，中国共产党在倡导并实施抗日民族统一战线政策的同时，通过广州、香港等地办事处加强对海外华侨的统战工作，为此建立了相应的侨务组织机构，保证侨务工作有条不紊地进行。

1937 年 8 月 25 日，中共中央政治局在陕北洛川召开扩大会议，通过了《中共中央关于目前形势与党的任务的决定》，制定《抗日救国十大纲领》，提出愿意与其他党派携手组成民族统一战线的方针，并积极发动广大爱国同胞投身到抗日救国的实践中来。1938 年 10 月，中共为争取国际援助，再次强调“保护华侨利益，并经过华侨的努力推动各国反日援华事业”，对华侨工作有了明确的定位。

1937年七七事变的消息传到美国纽约后仅仅几个小时，在司徒美堂等爱国侨领动员下，所有华侨社会团体联合建立了统一的华侨救亡组织——纽约华侨救济总委员会。

美国当时大的华侨抗日团体还有三藩市（旧金山）的旅美华侨统一义捐救国总会、芝加哥华侨救国后援会。前者直接统属的分会还有47个，遍及美国西部，甚至延伸到墨西哥、中南美洲300余处大小城镇。

美洲的加拿大、秘鲁、厄瓜多尔和其他地区，也分别建立了统一的华侨抗日团体。澳大利亚的悉尼，非洲的毛里求斯、马达加斯加、南非等地，侨社也都组织了各式抗敌后援会、救国会。

抗日战争时期世界各地华侨团体统计简表

	救国团体	社会团体	职业团体	合计
亚洲	705	1586	659	2950
北美洲	95	125	15	235
南美洲	48	105	51	204
欧洲	3	6	4	13
非洲	25	20	6	51
大洋洲	25	53	10	88
合计	901	1895	745	3541

（此表来源于任贵祥《华夏向心力》，广西师范大学出版社，1993年4月出版）

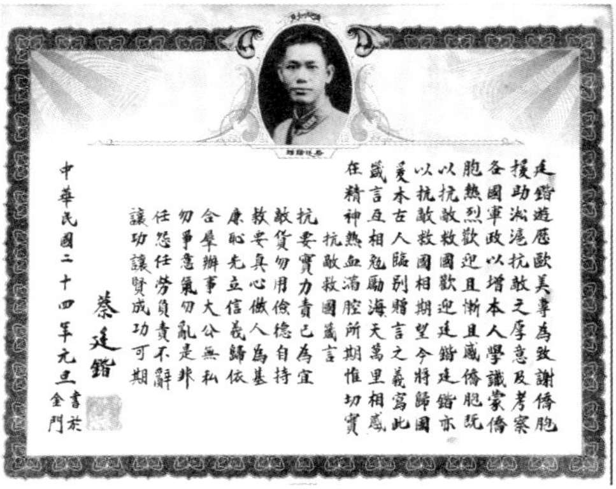

廷鍇遊歷歐美專為致謝僑胞援助淞滬抗敵之厚意及考察各國軍政以增本人學識蒙僑胞熱烈歡迎且慚且感僑胞既以抗敵救國歡迎廷鍇廷鍇亦以抗敵救國相期望今將歸國爰本古人臨別贈言之義寫此箴言互相勉勵海天萬里相感在精神熱血滿腔所期惟切實

抗敵救國箴言

抗要實力責己為宜
敵貨勿用儉德自持
救要真心做人為基
國恥先立信義歸依
合舉辦事大公無私
勿爭意氣勿亂是非
任怨任勞負責不辭
讓功讓賢成功可期

蔡廷鍇

中華民國二十四年元旦書於金門

1935 年蔡廷锴将军致海外侨胞抗敌救国箴言

■ 延伸

美洲华侨深受十九路军官兵抗日的鼓舞，纷纷开展捐款活动。淞沪抗战爆发后不久，司徒美堂等堂会首领就联合纽约各侨团组织成立了纽约华侨抗日救国会，开展抗日救国活动。1932 年 2 月初，致公堂元老们在安良堂主持召开干事会，做出三项决定：以致公堂名义呼吁支持在上海坚持抗日的中国军队；迅速成立洪门筹饷机构，发动募捐；组织华侨青年航空救国。

据当时蔡廷锴司令部统计，在其收到的捐款 1608 万元中，华侨捐款有 801 万元，占捐款总数的一半。

华侨还积极为十九路军抗战捐献军需物资。旧金山华侨听说蔡廷锴等申请募捐 70 万元的消息，纷纷行动起来，短时间内即募得美元 300 多万元。当地华商总会议决，用该款项为十九路军购买飞机 30 架。

作为海外侨胞最为集中的地区，东南亚侨胞在抗日救亡中的表现非常突出。1937 年 8 月 15 日，新加坡 118 个侨团联合成立马来西亚新加坡华侨筹赈祖国伤兵难民大会委员会，陈嘉庚当选为主席，在 32 名委员中，粤籍委员有 18 名。另外，南洋著名的抗日团体还有：菲律宾华侨援助抗敌委员会，巴达维亚（雅加达）华侨捐助祖国慈善事业委员会，暹罗（泰国）华侨各界抗日救国联合会及暹罗华侨慈善筹赈会，缅甸华侨救灾总会，越南南圻华侨救国总会，等等。

鉴于抗战形势日趋严峻，1938 年 10 月 10 日，东南亚 45 埠筹赈会、慈善会和商会的 168 名代表齐集新加坡，组成了南洋华侨筹赈祖国难民总会（简称“南侨总会”）。它作为东南亚华侨抗日救国运动的最高领导机关，领导数百万侨胞支援祖国抗战。

至此，亚欧美非及大洋洲，侨胞们在海外也筑起凝聚各种力量的抗日长城。广大华侨密切关注祖国抗战局势。当皖南事变发生后，华侨纷纷谴责国民党顽固派破坏团结抗战，成为加固国内的抗日民族统一战线凝聚力的一股力量。

蚁光炎

■ 延伸

抗战开始后，暹罗侨胞同仇敌忾，抗日救国热情高涨。为了适应新形势的需要，暹罗华侨各界抗日救国联合会在当地革命组织的推动配合下，也在爱国侨领蚁光炎的支持下，成立了暹罗华侨慈善筹赈会，由蚁光炎任主席，许侠任总务主任。筹赈会以暹罗著名的慈善团体“报德善堂”为掩护，在侨胞中开展抗日筹赈活动。

早在七七事变爆发前夕，在当地革命组织的推动和组织下，暹罗华侨文化界、工业界、商业界及学生界等分别成立了抗日救国会，并于 1938 年 1 月初组成了暹罗华侨各界抗日救国联合会（简称“抗联”）。抗联的宗旨是组织人力、物力，支援祖国抗战。为实现这一宗旨，抗联广泛进行抗日宣传，征募救国捐，举办义演、义卖，募捐伤兵衣服、药物，推销救国公债，组织回国服务团，发动和输送大批爱国华侨青年回国参加八路军、新四军、琼崖纵队、东江纵队等抗战部队。

■ 故事

泰国侨领蚁光炎爱国忘身——
“我虽死，尔等免用痛心，中国必定胜利！”

他是一位著名的爱国抗日侨领，倾心倾力投入到抗日救亡的运动中，最终惨遭日伪暗杀。临终前，他留下了这样的遗言：“我虽死，尔等免用痛心，中国必定胜利！”他就是旅泰爱国华侨蚁光炎，牺牲时 61 岁。

在抗日战争胜利 70 周年之际，南方日报记者来到位于泰国曼谷郊区的蚁光炎纪念堂。此处栽种的凤凰花娇艳绽放，这正是蚁光炎家乡汕头市的市花。

在蚁光炎先生的雕像前，蚁光炎之子——82 岁的蚁锦桐，为我们讲述了这位抗日侨领不平凡的一生。

领导侨胞捐款超 600 万元国币

6 月的曼谷，雨季刚过。在郊区的蚁光炎纪念堂，小溪环绕，绿树成荫。

蚁锦桐领着南方日报记者参观了纪念堂。在蚁光炎雕像后面的一幅照片中，身材魁梧的蚁光炎戴着标志性的黑框眼镜，穿着白西装，打着黑领带，照片正上方，“爱国忘身”的牌匾熠熠生辉。

蚁锦桐说起了父亲的故事：“在他被暗杀时，我只有 5 岁。幸亏有哥哥蚁锦中写的《蚁光炎传》，我才有了认识父亲的机会。”

1937 年全面抗日战争爆发时，蚁光炎已是一位拥有湄公河出海口最庞大船队的东南亚商业巨贾，企业员工多达 10 万人以上。

当时，全面抗日战争爆发的消息刚传到泰国，时任泰国中华总商会主席的蚁光炎，立即组织侨胞投入到抗日救亡的运动中去。他慷慨激昂地说：“我们都是中国人，救国人人有责！”这句话也成为当时泰国抗日救亡运动响亮的口号。

彼时，不少华侨青年要求回国抗日，蚁光炎一一为他们开具介绍信，并奉送路费。据估计，全面抗日战争期间，泰国回国参加抗日战争的爱国青年不少于七八千人，他们中的许多人为抗战献出了生命。

蚁光炎号召侨胞们抵制日货。他以身作则，不顾经济损失，下令自己的船队停运日货，各家碾米厂禁止向日本出售大米。抗战需要金钱和物资，蚁光炎倡导素餐过年，带领华侨认购救国公债。滇缅公路开通之后，蚁光炎带头捐献卡车，组织发动南侨机工回国抗战。据记载：蚁光炎先生领导暹罗（泰国）侨胞献纳捐款，总计超过 600 万元国币。

为了考察国内局势，1939 年 5 月，受国民党广东省政府的邀请，蚁光炎冒着生命危险回国。他在广东省首届参议会上，报告了泰国侨胞抗日救国的情况，并就“保护归侨”和“救济民众”两个问题，提出了宝贵的建议。

这一次他回国历时 5 个月，往返行程两万多公里，一路捐款捐物。蚁锦桐说：“我觉得，他的动力应该就是爱国信念。”

被日伪暗杀　万人自发公祭

蚁光炎坚决抗日的立场和行动引起了日伪的注意。汪精卫派遣汉奸到泰国,对蚁光炎进行威逼利诱,要求其停止抗日。

蚁光炎当场痛斥了汉奸一顿。亲友考虑到安全问题，劝诫他夜间最好不要出门，蚁光炎大义凛然：“职责所在，怎能辞卸！”

不幸的事还是发生了。1939 年 11 月 21 日晚上，在曼谷耀华力路，蚁光炎准备接外出的妻子刘若英回家。就在此时，埋伏在附近的日伪杀手冲了出来，对着蚁光炎开了 4 枪，均击中背脊要害。倒在血泊之中的蚁光炎对夫人说了最后一句话：“我虽死，尔等免用痛心，中国必定胜利！”

“至今，父亲被暗杀时的那件血衣，还存放在北京的博物馆。”蚁锦桐说，后来母亲在一张与父亲的合照下写下这样的文字：“君为国死，英为家存。痛夫抚儿，忍度此生。”

蚁光炎被杀害的消息迅速传遍海内外。世界各大通讯社，尤其是中国、泰国和东南亚其他各国的新闻媒体，都在显著位置进行了报道。由中国共产党驻渝机构主办的《新华日报》，11 月 23 日以醒目的大标题报道了蚁光炎被杀的消息。消息指出：“蚁氏在暹，素为华侨所敬仰。抗战以来，贡献甚大，此次竟遭毒手，闻者咸为愧惜！”听闻蚁光炎被日伪暗杀这一噩耗，泰国和中国国内上万人自发悼念这位爱国忘身的著名侨领。

蚁光炎逝世后，蚁锦桐建造了两座纪念堂，一座在曼谷，另一座在家乡汕头。如今，汕头蚁光炎纪念堂成了当地的爱国主义教育基地。

李达平

■ 延伸

在历经"九一八"事变、淞沪抗战、华北危机等一系列事件后，华侨的团结意识不断加强，华侨抗日爱国团体也如雨后春笋般涌现出来，为之后全欧华侨抗联会、南侨总会、旅美华侨救国总会的建立乃至华侨投身全面抗战打下了坚实的基础。

从"九一八"事变到七七事变之前，旅居海外的华侨便以空前的爱国热忱投入祖国的抗日救国运动中。在舆论宣传方面，重点揭露日本侵华真相，反对国民政府的不抵抗主义；响应中国共产党建立抗日民族统一战线的号召，及时报道中国抗战消息，呼吁国际友邦主持正义，制裁日本的侵略暴行。在人力上，组建义勇队奔赴前线，培养航空人才回国服务。在物力上，捐款献物，慰劳前方将士；筹集资金，购置战时紧缺物资交回国内。

华盛顿101岁侨界元老追忆侨社支援抗日往事

“凡50人以上者，莫不纷纷组织救国会”

2015年已经101岁高龄的李达平是全美福利总会原主席，在传奇的一生中，他共参与创建了美国华府地区四个重要社团，而其参与社团活动的最初起点，即是加入因抗战而建立的美京华侨“抗日救国会”。

抗战胜利70周年前夕，精神矍铄、每日仍自己开车外出的这位华侨社团元老在华盛顿接受了南方日报记者的专访。

成立华裔青年社宣传抗战

李达平出生于广东省台山缠溪村委会长发村，17岁随祖父移民到美国。七七事变发生后，美国华侨快速反应，成立“抗日救国会”，刚到美国的李达平立刻投入工作。他记得，当时抗日救国会每个礼拜组织一次捐款，每一次都会详细做好记录并提供收据。

1938年，为发挥青年华侨在宣传抗战方面的作用，李达平与几位志同道合的青年成立了华裔青年社。李达平被选为该社首届主席，他立即组织瑞狮团参加各种文化活动，宣传抗战，筹集捐款。

李达平拿出1946年版的《美国华侨年鉴》，指着《美国华侨与抗战建国》一节解释，当时“旅美各城镇之华侨，凡有 50 人以上者，莫不纷纷组织救国会，捐输救国，努力宣传。计全美华侨一共成立大小救国会 95 处”。

1941 年 12 月，日本偷袭珍珠港，美国正式对日宣战，血气方刚的李达平立即加入美军，奔赴抗击法西斯的战场。

至今，李达平仍念念不忘在前线牺牲的两位同村乡亲。他们一同加入中国空军美国志愿援华航空队，没想到一个在半路上遭遇德国潜水艇袭击牺牲，另一个也在前线被炮弹炸死。

一直珍藏当年的航空救国券

李达平回忆，当时发起救国捐款，除了限额月捐外，每年又举行春节献金、七七献金、劳军捐、购机捐、航空建设捐、买公债等活动，踊跃储蓄，目的是多募集捐款，为国内抗战提供经济后援。此外在侨社中，不论遇有吉事丧事，或宴会，无不特别捐款救济祖国难民。

“华侨都非常爱国，他们大多数都是洗衣工、餐馆招待、矿场劳工等底层劳动者，并没有太多余钱，但捐款时毫不吝啬。当时每一个饭馆、洗衣馆门口，都有抗日救国会设立的捐款箱，甚至连乞丐也都慷慨捐款。”

李达平专门找出自己珍藏的全新“航空救国券”并解释，当时为响应孙中山“航空救国”的号召，众多华侨花钱买下这些面值 50 美元的“航空救国券”，他们并没有想到有一天要高价值兑现，而是一心只想尽微薄之力支持民族抗战。这些“航空救国券”如今已经成为收藏家们争相收藏的珍贵文物。

“通过实物，我们会更好地铭记历史，它们活生生揭露了日本军国主义的残暴罪行，也见证了海外华侨对祖国无私的爱。”老人家说。

贰

抗战期间侨胞捐款占当时军费三分之一

华人华侨固然有巨商富人，但绝大多数还是挣扎在底层的劳苦阶层。在东南亚，他们多是小贩杂役；在北美，他们多是厨师、洗衣工；在南美，他们多是农场苦力。这些华侨在自己温饱尚未解决的情况下，却为中国和民族的安危，做出了可歌可泣的奉献。

美国华人华侨捐款情景

■ 延伸

战时华侨社会开展了广泛而深入的捐款活动。华侨捐款持续的时间长，范围广，数量大。从时间来看，华侨为祖国抗战的捐款从“九一八”事变时开始，一直持续到抗战胜利，长达14年。从人数和范围来看，当时全世界五大洲共有华侨约800万人，其中有400万人为祖国抗战捐过款，占华侨总人数的一半之多。从数量来看，据当时国民政府财政部统计，整个抗战期间华侨捐款总数为国币1,322,592,652元，但这个数据并不能完整反映华侨的捐款数额。实际上，华侨捐款的途径是多元的，有的捐款直接汇寄给各军队，有的交给红十字会，有的寄给侨务委员会。

“九一八，老百姓遭了殃……”“打倒日本帝国主义，争取中华民族的曙光。”2015 年 6 月 6 日，在缅甸仰光，两位八旬老人赵振恒、马振宏顶着 40 摄氏度的高温，穿过唐人街来到缅甸广东工商总会。已经在该国多年的他们，用流利的粤语讲起抗战时期的亲身经历，唱起了逃难和募捐时唱过的《流亡三部曲》。正是如此深刻的家仇国恨，令当年只是年幼学生的他们，开始为中国抗战捐款捐物。

这是千万海外华人华侨支援中国抗战的一个缩影。

据当时的国民政府统计，抗战期间的华侨义捐和侨汇达当时的国币 13 亿元，占中国军费的 1/3。另外，加上其他途径的捐款捐物，华侨贡献共约国币 50 亿元。这不仅仅是钱是物，更是灼热的赤子心、赤子情。周恩来就曾为秘鲁华侨的捐款事迹题词：“万里外六千侨胞统筹债捐达二百万秘币，是侨胞之模范，是抗战之光荣。”

多个侨团变卖会馆捐款

在 20 世纪上半叶，华侨们在异邦为生活而打拼时，感情仍牢牢地扎根在故乡大地。在祖国有危难的时候，他们的千丝情便化为了万钧雷。从 1931 年起，抗日救亡运动席卷了海外华侨社会的每一个角落。如马来西亚“马华巡回剧团”深入城乡演出劝捐，他们高唱：“你一角，我一角，涓涓滴滴积成江河变成怒涛……买子弹，买枪炮，赶走强盗，誓把中国保……”

美国旧金山广东银行经理公布的数据显示：1932 年淞沪会战爆发后，仅 20 多天的时间，当地华侨已电汇 100 万美

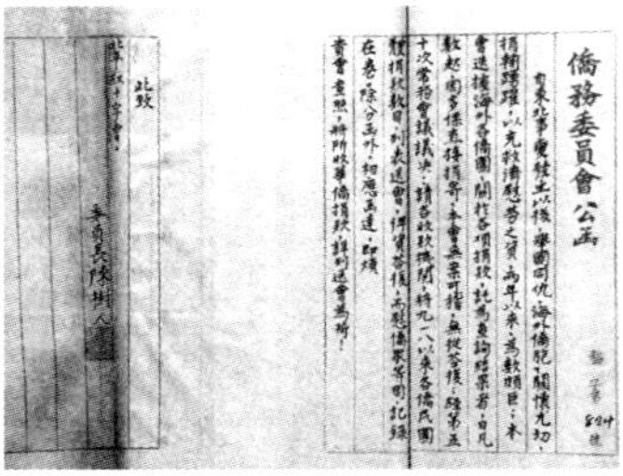
僑務委員會公函

自東北事變發生以後，舉國同仇，海外僑胞，關懷尤切，捐輸踴躍，以充救濟慰勞之資，兩年以來，為數頗巨，本會迭據海外各僑團，開列各項捐款，託為彙詢結果者，已凡數起，因多係直接捐寄，本會無案可稽，無從答復，經第五十次常務會議議決，請各收款機關，將九一八以來各僑民團體捐款數目，列表送會，俾資答復，而慰僑眾等語，記錄在卷，除分函外，相應函達，即請
貴會查照，將所收華僑捐款，詳列送會為荷，
此致

委員長陳樹人

国民政府侨务委员会请各收款机关将“九一八”以来各侨民团体捐款数目列表送会的公函

■ 延伸

抗战期间，世界各地华侨无论是孩童、老者，男性、女性，富商、贫民都参加了这场规模庞大的募捐活动。在这场空前浩大的捐赠运动中，侨胞们创造了灵活多样的募捐方式。主要有:

1. 月捐，或称作“常月捐”；
2. 认购债券：包括救国公债、金公债、国防公债、军需建设公债、节约建国储蓄券;
3. 义卖;
4. 义演;
5. 特别捐：婚丧费用、筵席费用、伤兵之友捐;
6. 寒衣捐;
7. 汽车捐;
8. 飞机捐;
9. 捐献物品：药品、军用物品;
10. 难童捐;
11. 机工捐;
12. 节日捐：七七献金、双十献金;
13. 医药金;
14. 货物捐;
15. 节食捐。

元给十九路军。

而在全球，有多个侨团会馆变卖了会馆房屋，用于捐款或购买抗战公债。华侨人数较少的新西兰筹款 32 万英镑，属华侨当中人均最高的地区。侨胞人数分别仅为 35 人和 40 人的玻利维亚和海地，也分别捐款 3560 美元和 3840 美元。

侨领和华人企业家是各侨团华社的中坚，在捐献和认购爱国公债方面是义不容辞的带头人。东南亚华侨商人胡文虎在 1941 年前就已捐 500 万元国币以上，是侨领中个人捐款数额最大的。另外，泰国陈守明，新加坡陈六使和陈文确兄弟，马来西亚陈棉生、陈永，印尼侨领丘元荣等捐款数额也很大。

菲律宾的著名侨领李清泉，抱病领导华侨国难后援会，为十九路军汇来巨款慰问，还捐购 15 架飞机。后来，他因劳累过度而去世，临终遗嘱再捐出 10 万美元。他的好友及侨团闻讯后，为继承他的遗志又筹资 40 万美元。

抗战不停止月捐就不断

华侨们认识到，抗日战争必然是十分艰苦的持久战，只有长期地、持续不断地捐款，才能达到打败侵略者、光复国土的目的。于是，各地侨团不约而同地开展月捐活动，马来西亚槟榔屿华侨筹赈会发表的《劝募长期月捐宣言》当中说："抗战一日不停，我们的月捐就不断缴下去，直到民族得解放为止。"

月捐是由大家按自己的能力认捐，逐月交纳的，一般来说是按月薪 10% 的额度，基本是"个个要捐"。古巴、巴拿马的侨团都规定 18 岁以上华人华侨就要加入月捐，而企业主、商贩可以货代币。

南侨总会统计，华侨抗日捐款 80% 以上来自于月捐。正如《华侨先锋》杂志中所说：“是由那些日夜在油烟蒸沸的餐馆厨房、洗衣馆、农场和各个工厂、商店里的侨胞，捐集而来。”

1938 年 9 月，新加坡 8000 名人力车夫通过决议：每日每车捐资，每月每人再捐。当时的《星岛日报》（香港）报道称:“人力车夫是华侨社会的无产者,所得尚不足赡养家室。然而从祖国神圣抗战以来，爱国之殷，绝不后人，捐款购债，颇为努力。”

除了月捐，华侨们还有其他各种募捐方式。新加坡侨校学生联合会为筹款制定“节约信条”，包括节约日常牛奶、饼干和饭菜费用，连袜子也要省去。还有南侨总会发起卖花捐，那时大街小巷都响起卖花声：“买了花，救国家！”侨胞们都以襟上插花为荣。

部分地区或机构华侨捐款统计

美 国	13 亿元国币
南侨总会	4 亿多元国币
古 巴	6880 万元国币
非 洲	3500 万元国币

（数据源自黄慰慈、许肖生《华侨对祖国抗战的贡献》，广东人民出版社，1991 年出版）

不顾个人温饱为国捐钱

华人华侨固然有巨商富人，但绝大多数还是挣扎在底层的劳苦阶层。在东南亚，他们多是小贩杂役；在北美，他们多是厨师、洗衣工；在南美，他们多是农场苦力。这些华侨在自己温饱尚未解决的情况下，却为中国和民族的安危，做出了可歌可泣的奉献。

澳大利亚一位古稀老华侨，将准备养老的积蓄全部捐出。他说："贡献祖国，无上光荣，死可瞑目矣。"缅甸仰光的女侨胞叶秋莲，将其所有首饰及两处家产的拍卖所得全部捐出，自己则入寺为尼。她说："只要祖国战胜，我自己饿死是不妨的。"

印尼华侨马细旦是伤残人士，只能以手代步，艰难度日。当他知悉国内同胞惨遭日军蹂躏的消息时，热血涌上心头，每日爬至市区中心，"乞钱为祖国难民请命"，侨胞见者无不捐献，而其所乞得的金钱全都交给了华侨慈善会。

印尼粤籍华侨刘长英把自己的儿子送回国，参加抗日空军。儿子在战斗中牺牲后，他又将抚恤金全部捐为抗战军费。子是抗日英雄，父是救国义士，其爱国精神感人至深。

捐物小到衣被大到飞机

除了钱之外，侨胞们还捐献了大量的物品，从飞机、坦克、货车到被服、药品等，缓解了抗战时期祖国战略物资和民用物资紧缺的状况。

侨胞们还专门发起支援八路军的"援八行动"。法国里昂200多位以小商贩为主的侨胞，节衣缩食筹得1.3万法郎，为共产党领导的华北抗日军队购买防毒面具。

南洋惠侨救乡会多次通过宋庆龄给曾生率领的惠、东、宝等地的人民抗日游击总队送去大量物资。旅居泰国、新加坡和越南等地的侨胞220多人，组成琼崖华侨回乡服务团，乘坐小划船冲破日军巡逻艇的封锁，把一批批药品和被服等物资运到海南岛。

昂贵的飞机也是侨胞们捐赠的重点。据任贵祥、刘维开等专家分析，从1937年到1942年，全球华侨捐赠的飞机就有217架。另外，他们捐献的坦克也足以武装一个坦克团，直接增强了祖国的抗战力量。

1942年，美国俄勒冈州华侨救国统一会筹款后，加上争取到美国支持，买了3架战斗机，命名为“民族”“民权”“民生”，供中国用来训练航空生。

菲律宾华侨为祖国献机情形更为热烈。除了一般侨团商会献机外，还有华侨庄东里个人独捐飞机一架，侨校中小学生也集资捐“学生号”飞机一架，华侨妇女捐“妇女号”飞机一架，连马尼拉屠宰业的华侨和小杂货店店员亦集资各献机一架，合计下来，菲律宾华侨共捐飞机50架。

在大洋彼岸，美国加利福尼亚华侨募款购买军用运输机8架，命名为“北加州华侨精神号”献给祖国。斐济群岛仅有华侨2000人，也为祖国献机3架。

车辆，也是祖国抗战必不可少的战略物资。在全面抗战前三年，华侨捐赠的汽车、卡车、救护车达1000多辆。1939年春，滇缅公路这条险峻的高原运输线重新开放，马来西亚华侨筹赈会和缅甸侨胞分别赠购卡车100辆和150辆。

另外，美洲侨胞捐献救护车 200 辆，南侨总会捐献卡车 200 辆及其他物资。

“我妈妈白天要维持生计，照顾孩子，晚上就借着弱光，为中国抗日将士缝制棉衣，再交到侨团运回祖国。这是妈妈给我留下的最深刻的印象。”缅甸老华侨马振宏告诉我们，他永生都难忘这个记忆中的片段。

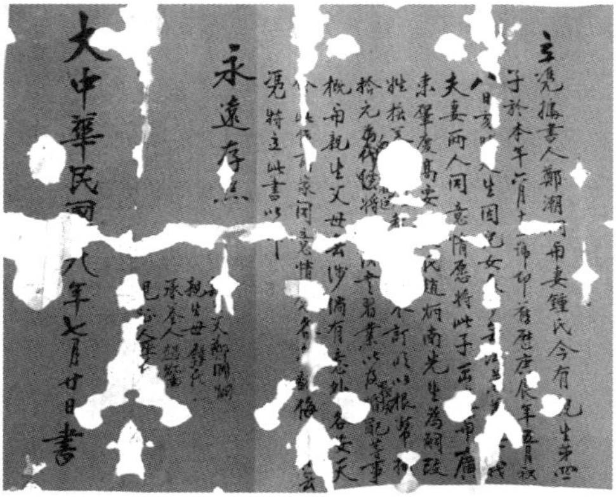

郑潮炯卖子所立的凭据

延伸

马来西亚华侨为祖国捐款的事迹中，有很多令人感慨万分的故事。马来西亚乞丐赖凉，年逾花甲，某天乞得4.4角，除饭费外尚余3角。他手持木杖步行至救难会，把余钱献出后说："余虽行乞，尚能平安度日，较之祖国难民，饥号啼哭家破人亡，则优越得多多！"这件事在马来西亚华侨中震动很大，赖凉被誉为"伟大的乞丐"。山打根小贩郑潮炯曾多次参加义卖活动支援抗日。1940年，他因经济困难，无法捐款，忍痛将自己的第五个孩子卖给别人，得叻币80元，全部捐给筹赈会。此后，他奔走于15个城镇间，沿途劝捐，筹得叻币2800元，也全部交筹赈会汇回祖国。

华侨郑潮炯“卖子救国”

1964 年在周恩来关心下父子终重逢

当年在为中国抗战捐款的众多海外乡亲中，成千上万收入微薄的劳工大众几乎是倾尽全力，来支持中国的抗日战争。在江门华侨博物馆，相关人员就突出介绍了新加坡华侨小贩——郑潮炯“卖子救国”的动人故事。

2015 年 6 月 5 日，南方日报记者在新加坡拜访了郑潮炯的妻子钟彩合。谈起当年丈夫“卖子救国”的事情，现年 108 岁的老人家说：“那都是没办法的，谁舍得卖自己的孩子。”而陪在钟彩合身边的 80 多岁的儿子郑社义，跟我们讲起了他父亲的故事……

“没有国，哪有家？救国要紧呀”

1937 年，中国全面抗日战争爆发。南洋地区的华侨中掀起了筹款救国的高潮。当小贩的郑潮炯也奔走于印尼和马来西亚一带义卖瓜子筹款。从 1937 年到 1942 年，他共筹集义款 18 万元（当地货币，下同）。在吃一顿饭只要 0.3 元的年代，这无疑是一笔巨额资金。他却毫不犹豫地把钱捐给南洋华侨筹赈总会。妻子钟彩合则背着年幼的孩子，毫无怨言地卖水果养家。

1940 年，日本入侵郑潮炯的家乡——新会大泽许坑村，30 多位乡亲包括他从南洋回乡的父亲被日本人杀害。国恨家

结婚不忘救国，华侨萧丕居先生将女儿结婚时所收的贺礼全部捐献给祖国

■ 延伸

各地侨胞捐款也涌现了许多感人事迹。如坤甸华侨马细旦，足废多年不能行走，更不能工作，终日以手代步，爬行到街上行乞度日。全面抗战开始后，他见国内同胞惨遭屠杀，甚为愤慨。他爬到街上，向侨胞发表演说，痛陈祖国难胞惨状，听者无不动容，纷纷给钱。他将两日行乞所得之40盾交到慈善委员会转汇祖国赈济难民，人们赞扬他是一个真正的热血男儿。爪哇土生华侨许启兴在抗战初期，曾主办吧城华侨慈善夜市，奔走筹款，并组织救护队回国。

至于华侨将举办婚丧活动、婴儿弥月庆祝所得费用转作抗日费用的事迹更是屡见不鲜。

仇激发了郑潮炯夫妇支持抗日救国的决心。这时，已经怀上第五个孩子的钟彩合，听到丈夫说："我已经把这个孩子卖掉了，乳银 80 元捐给了筹赈会。将来孩子不管是男是女，都是人家的孩子……"她当时没有当真。

儿子生下 3 个月后，丈夫真的拿出了一纸卖儿的契约，她才明白过来，丈夫为了救国，真的连亲生儿子都卖了。

钟彩合告诉记者："我当时难以接受，可丈夫不断对我说：'没有国，哪有家？救国要紧呀！自己养孩子和别人养孩子都一样，都是中国人。'"最后，他们夫妻才达成一致，把这个取名为社义的孩子交了出去。那笔钱甚至都没有经过他们的手，直接捐到了筹赈会。

"他尽了最大能力帮国家"

之后，"卖子救国"的义举传遍南洋，激励更多的华人华侨参与支援中国的行动。后来，钟彩合总是解释说："我们是送子救国。"

抗战结束后,郑潮炯再次背起背包义卖瓜子,筹款2万元，一部分寄给中国的孤儿院及伤兵院，其余则拨作当地华侨福利基金。

一年年过去了,他们夫妇对儿子郑社义的思念并没有断，但孩子和其养父母已不知去向。1964 年，郑潮炯给周恩来总理写信求助。几个月后，中国及广东省侨联在肇庆找到了郑社义。

郑潮炯夫妇回国与儿子重逢，激动得泪流满面。郑社义说，他养父在战乱中被日军打死，养母带着他回到中国。他

美国华侨“一碗饭运动”抗日宣传画

■ 延伸

“一碗饭运动”发源于旧金山，后在全美多地产生联动效应，掀起支援中国抗日的浪潮。“一碗饭”的呼声后来还传至哈瓦那、伦敦、中国香港等地，衍生出各式各样的支援抗战的形式，构筑成一条主战场外的抗战阵线。

华侨中的工人、店员、职员、教师等，收入低微，为了支援祖国抗战，也节衣缩食，将自己的血汗钱捐了出来。据《台山文史》第18辑载，一位在旧金山侨居50年的伍姓老华侨，原是洗衣工，年已七旬，儿孙绕膝，生活优裕。为了支援抗战，他毅然再度回到洗衣馆重操旧业，把所得工资全部献给祖国。有位叶姓女华侨，是个寡妇，把自己的全部首饰和多年积蓄共3万多美元送到抗日义捐救国总会，自己到圣母院当修女。华侨工人颜广礼，战前每天抽雪茄十多支，全面抗战开始戒绝吸烟，八年如一日，把买烟钱悉数捐给祖国救济难民。

长大后当过解放军战士，退伍后在农机厂当工人。

1984 年 2 月，80 多岁的郑潮炯离开人世，临终前对郑社义仍然念念不忘。钟彩合不忘丈夫的嘱托，先后 7 次回国探望郑社义。近日，记者在江门也采访了郑社义的儿子郑为国。他说，爸爸最后理解了爷爷当年的选择，“在那个环境下，作为一个平凡的市民，他尽了最大能力帮助国家”。

开餐馆、洗衣店和杂货店，是早期北美华侨从事的主要工作。图为1884年加拿大温哥华第一家华人洗衣店开张

■ 延伸

美国华侨在抗日救国运动中，创造了许多灵活多样的筹款形式，除一日捐、一月捐、新年捐、七七献金、双十献金之外，还有棉花捐、游艺捐、劳军捐、演戏捐、卖花捐、“一碗饭”捐、劝售纪念章捐、航空献机捐等。如1938年，旧金山侨胞将春节拟用的“爆竹制造费2万元，捐作中国伤兵及难民之用；其新年跳舞会之收入，亦一律捐为中国救济难民费用”。加州斯托克顿（Stockton）市华侨救国委员会从七七事变到1943年8月的六年中，“连救国公债、美金义捐、航空救国捐，及救济款项，数达美金30余万元”。其方式就有“‘一碗饭运动’2.17万元，救济箱0.31万元，学生卖花、结婚、满月、寿辰、出葬、商店开张或重修，‘七七’纪念献金（三年计）1.72万元，妇女尚志会周年纪念影画筹款（两次）0.77万元”等。

纽约洗衣工发起“救济箱”活动支援抗战
不到两个月募捐了 4 辆救护车

“一个熨斗重达 8 磅，洗衣工每天拿着它工作 18 个小时。听我父亲说，一周艰辛劳作，最后也只有 4 美元收入。”纽约华侨衣馆联合会元老陈金坚的女儿陈美嫦接受南方日报记者采访时说。

洗衣业，曾是美国华人早期主要的营生之一。抗战时期，洗衣工们在异国扛起抗日救国的大旗，从直接捐款到组织成立纽约华侨衣馆联合会（以下简称“衣联会”），并推动成立纽约全体华侨抗日救国会，一名名洗衣工，如一股股涓涓细流，最终汇聚成抗日救国大潮。

募款箱遍布几千家洗衣店

抗战时期，纽约衣馆业人口约占当地华侨华人人口的 1/3，衣联会由此也成为纽约最大的侨团，会员有 4000 多人。1937 年，衣联会甫一成立便募捐给东北抗日义勇军。

南方日报记者翻阅 1937 年《衣联会报》，其中就有一则报道《本会抗日大会决定救国方案　同业救亡心切，争先恐后，捐助抗战军资》，讲述了捐款发动大会当场募得 1565 美元的情况……

随着战事扩大，衣联会还发起了独具特色的“救济箱”活动，即在遍布全纽约的几千家洗衣店设立募款箱，上面用英文写着“救助中国难民”。后来该活动发展到每个华侨餐馆和商店，动员顾客为中国抗战捐款。

“‘救济箱’活动开始不到两个月，就募款购买了 4 辆救护车和一大批医药、棉衣。”陈美嫦说，1938 年 2 月，4 辆救护车被分别送往重庆和延安。

印发宣传单号召美国援华

七七事变后，衣联会立即印制了 10 万份英文版《告美国人民书》，揭露日本侵略中国的罪行，敦促美国政府在道义和物质上支持中国抗战。后来，又印发了 10 万份号召美国人民抵制日货的传单。

“他们把传单放在每一件洗干净的衣服口袋中，或亲手交给来洗衣店的顾客。这些抗日宣传进入到千家万户，在美国民间影响很大。”陈美嫦说。

衣联会还组织了抗日救国青年团，聘请美国有名的飞行家劳特上校为教授，开办学费低廉的航空学习班。几十名华侨青年学成后，回到祖国加入空军抗日。

“我父亲只是一个平凡的洗衣工，但他生活在一个大战乱、大动荡的时代里，波涛汹涌的历史巨浪，把他也磨砺成一块岩石。”陈美嫦认为，她的父亲就是那一代爱国侨胞的缩影。

叁

四万粤籍侨胞回国参加抗战

回国抗战，侨胞抱着甘洒热血的念头。年仅15岁的缅甸华侨少年颜生，1939年10月没来得及与家人告别，就回国参加抗日活动。他写信安慰母亲：“亲爱的妈妈，您是那样疼我，但是我竟然离开了。恳望您不要流泪，要为有一个孩子能够回国效力，杀敌救亡而高兴。”

侵华日军机枪手在迴澜桥前向广东侨乡汕头市区猛烈攻击

■ 延伸

七七事变后，成千上万海外华侨怀着“国家兴亡，匹夫有责”的满腔热血，抛家舍业，历尽艰辛，毅然回国参军参战，或到后方为战争服务。仅从南洋回国参加抗战的粤籍华侨就有4万余人。美国、加拿大、菲律宾等国航校回国参战的大批华裔学员中，仅美国就有200人左右。全国歼击机飞行员中华侨占3/4，成为中国空军作战主力。由南洋各地华侨子弟组成的南洋华侨机工回国服务团，先后从各地回到了祖国，奋战在条件险恶的滇缅公路上，为保证国际援助物资及时运到祖国前线，以解抗战燃眉之急，做出了极大的牺牲。菲律宾华侨青年成立抗战服务团回国报效，缅甸、吉隆坡等地侨胞组织华侨义勇工程队、救护队、回乡服务团等参与战地救护并配合作战。众多华侨青年回国报考军校，毕业后奔赴前线杀敌报国。

“陈桂林、陈桂文的后人在哪里？”2015 年 5—6 月间，南方日报记者向海外侨团、省内各地侨办求助，寻找这一对马来西亚华侨烈士兄弟的后代，但至今没有音讯。

陈桂林、陈桂文，祖籍东莞，在中国遭遇日军侵略时，毅然回国参加航空部队。成都空战，哥哥陈桂林英勇牺牲，陈家老父亲回国将寡媳幼孙接去抚养，叮嘱小儿子坚持战斗；昆明空战，陈桂文又壮烈牺牲，老父亲再次默默回国，接走媳孙。

何止这一家。祖籍澄海的郑松涛和陈廷禹、祖籍汕头的杜永青、祖籍潮阳的张兴、祖籍吴川的张炎……无数华侨子弟告别了在泰国、柬埔寨、越南、美国、加拿大等国的亲人，血洒抗战前线及运输线。

新加坡华侨机工王亚六曾告诉南方日报记者：“我们最理解十指连心之情。”据不完全统计，仅从南洋回国参加抗战的粤籍华侨就有 4 万多人，他们或是从军杀敌，或是服务前线，成为重要的抗战力量。

共赴国难　华侨儿女迎着炮火而上

“国弱我华人，苦叹不自由”，“日本吞中华，合力灭倭奴”。在美国旧金山天使岛羁留营旧址，南方日报记者看到华人难民用血泪刻在墙上的诗句，更加理解侨胞即使身在万里之遥，其个人命运仍然与中国强弱息息相关。

早在辛亥革命时期，华侨回国参加的起义等就有 15 次之多。同样，在日军进犯中国后，侨团侨领们除了募捐，还组织青年回国。不管是富商家的长子，还是小贩家的独苗，

中央陆军军官学校的旅泰侨生毕业照

■ 延伸

东江华侨回乡服务团（简称“东团”），是 1939 年 1 月在南洋惠侨救乡会和香港惠属爱国团体的共同努力下，由南洋、香港和东江地区的爱国青年会合组成的华侨抗日救亡团体。

东团的队员来自各个阶层，以吉隆坡队为例，队员黄炜然回忆说：“主要是工人，其中包括煤矿、锡矿、印刷工人，橡胶店员，裁缝工人，屠夫；还有自由职业者、教员、记者、学生和邮政职员，少数是小资产者。”这些来自各地、各个阶层的热血青年，会聚到一个团队中，都是为了一个目的，即抗日救国。

他们有的直接上前线，有的在战场救护伤员，还有的冒险运输战略物资。

潮汕籍抗战老兵陈国臣先生的经历就很有代表性。1939年一个冬夜，当时年仅16岁的陈国臣，在曼谷目睹侨领蚁光炎先生被暗杀的场面。他年轻的心被震撼了，回到举目无亲的广州，再辗转到当时在贵州的黄埔军校，后来走上抗日前线。

战事初起，缅甸富商张瑞隆就亲自赶到广州，向第四战区司令长官张发奎捐100万元，作为抗日经费；另一方面回缅甸动员华侨青年回到中国参军，其负担一切装备、军饷等费用。160位粤籍子弟经挑选入围，组成缅甸华侨救国义勇军。张瑞隆不但给每人安家费，又带队乘船先到达香港，购置枪炮、医药等装备物资，并把队伍带到广州交给张发奎。这支队伍参加了淞沪血战、三次长沙会战，打得十分英勇，大部分人血洒战场。

毗邻中国的几个国家的华侨，回国参战最为踊跃。据统计，从全面抗战爆发至1939年初，回国抗战的泰国华侨已达1000人。其中，暹罗（泰国）华侨义勇队就有500余人。还有33位泰国华侨司机为了冲破封锁，甚至从缅甸步行回国。越南侨社也成立了越南华侨青年童子军战地服务团，培训1000余名有志于抗日救国的华侨青年，陆续回国参加抗战。

许多华侨组成的战地服务团，也迎着炮火而上。越南华侨童军战地服务团共66人，服务于广州、汕头、惠州一带的抗日军队，其中有40人为国献身。由医学博士陈雅云率领的缅甸华侨救护队，治疗受伤将士与同胞达15,194人次。该队所有医疗器械及经费，均由缅甸侨胞负责接济。

陈国臣

■ 延伸

东团还进行了其他大量社会工作。例如，发动捐款、调解宗族纠纷、与各界座谈、家庭访问、个别教育等，只要是有利于抗日、有利于民族团结的，而东团又力所能及的活动，东团都积极开展。

除加入东团外，海外惠州籍华侨青年也积极回国参与了其他的抗日活动。1931年冬，雪兰莪惠州会馆、新加坡惠州会馆联合动员惠州籍爱国华侨青年回国参军杀敌，华侨青年踊跃报名，还挑选了100余名惠州籍华侨青年组成华侨抗日救国义勇军，乘海轮抵达上海，参加十九路军，编入六十一师。

1939年，英国和德国华侨机工，组成了汽车工友回国服务团回国。54位非洲华侨也历尽磨难，于1938年4月组成非洲罅沙汽车工友回国服务团回来。

1938年8月26日，马来西亚柔佛士乃华侨汽车司机回国服务团一行15人，驾驶着捐给八路军和新四军的两辆救护车，带着一批药品，经香港、广州、长沙、武汉，于11月抵达延安，受到边区各界群众的热烈欢迎。

甘洒热血 “妈妈，恳请您不要流泪”

回国抗战，侨胞抱着甘洒热血的念头。年仅15岁的缅甸华侨少年颜生，1939年10月没来得及与家人告别，就回国参加抗日活动。他写信安慰母亲：“亲爱的妈妈，您是那样疼我，但是我竟然离开了。恳望您不要流泪，要为有一个孩子能够回国效力，杀敌救亡而高兴。”

曾任东江纵队司令员的曾生说过：“对于华侨对祖国抗战的巨大贡献，我有亲身感受。”到陕甘宁边区的归侨有六七百人，参加华南各抗日游击队的侨胞和港澳青年约有2500人，其中在东江纵队就有1000多人。不少人成长为骨干，李林、李子芳、王崇新、钟若潮等同志献出了宝贵的生命。

淞沪抗战刚爆发，旅日华侨徐香进等人回国参战。在为前线押送作战物资时，突遇敌机轰炸，他始终不离职守，壮烈牺牲。

越南归侨吴秀远，是归侨中的巾帼英雄。1939年，在日军加紧进攻潮汕地区时，她所在的南洋华侨战地服务团随抗日军队开赴前线。这位年仅19岁的小姑娘，在敌机扫射时身中七弹，牺牲前说：“日本鬼子还没消灭，我还要上前线！”

这些海外的中华儿女，以义愤抗击日本鬼子，以热血浇灌中华大地。他们在抗日战争中建立的丰功伟绩，并不因岁月的流逝而褪色。他们，值得我们永远缅怀和赞颂。

泰国归侨郑松涛：

牺牲前高喊“中国抗战必胜！”

泰国归侨郑松涛是澄海著名的抗日英雄，年仅 22 岁就牺牲了。采访过多位抗战老兵的汕头特区青年报总编辑林琳，在与澄海青年抗敌同志会（下称“澄海青抗会”）发起人之一、韩纵老战士杨君勉交谈时，听到了郑松涛的故事。

“郑松涛是杨老最难忘的战友，通过他和青抗会其他老同志的叙述，以及对史料的搜寻，一个活生生的郑松涛形象逐渐浮现。”林琳说。

据资料显示，1918 年，郑松涛出生于一个澄海籍华侨家庭。祖父郑寄云曾任暹罗（泰国）潮州商会会长，父亲郑肃恭是留学德国的医学博士。

1930 年，郑松涛考入上海美术专科学校西洋画系。他与陈英道、郑勉几位潮汕同学，一起参加抗日游行集会和散发传单等活动。1937 年七七事变后，郑松涛回到潮汕参加抗日救亡活动。父亲来函要他去欧美深造，被他婉拒。家人劝他成家，他回答：“匈奴不灭，何以家为！”不久，他参加澄海青抗会筹备工作，并经常为此慷慨解囊。他说：“青抗会就是我的家。”

随着抗日形势的发展，澄海青抗会的工作逐渐由城镇深入到农村。郑松涛组织的青抗、妇抗、少工队的活动搞得相当出色，通过各种形式宣传抗日，也为革命培养了一批骨干力量。1938 年 7 月下旬，一五七师战地服务团成立，郑松涛

郑松涛

■ 延伸

海南岛沦陷之后，日军把进攻的目标转向潮汕地区，1939 年 6 月 21 日进攻汕头，随后颧州、诏海相继陷于敌手。为了救济受难乡亲，统一领导南洋英属潮侨救乡运动，6 月 26 日，马来西亚潮州公会联合会在怡保韩江公会举行各会馆代表会议，决定筹组马来西亚潮侨救乡总会。在总会筹备期间，新加坡、槟城、柔佛、棉兰、士乃等地相继成立了潮侨救乡会。

由澄海青抗会派往该团，活动于当地，并于同年加入中国共产党。

1940年4月27日凌晨3时许，日寇与伪军300多人分三路进犯，包围澄海县战工队驻地。危急关头，郑松涛等协助队员们越墙转移。这时候，日寇已进入战工队驻地，杨君勉在墙上要拉郑松涛越墙。而他见4名女队员还没离开，便不顾自身安危，让她们踏着自己的肩膀越墙。然而，5个人全部被日寇逮捕。

敌人连夜将郑松涛押往日寇警备司令部驻地。警备司令企图在郑松涛身上大做文章，先是用高官厚禄、金钱美女诱惑他，但郑松涛一笑置之。软的不行，敌人就采用硬的一套，从5月4日至6日，一连三天对他施加各种酷刑，抽皮鞭、坐老虎凳……平素西装革履貌似文弱书生的他，对敌人破口大骂。

敌人恼羞成怒，残忍地将他斩首。临刑前，郑松涛已是面目全非，极度虚弱，但仍以最大气力呼出“打倒日本侵略者！”“中国抗战必定胜利！”的口号。

■ 见证

104 岁马来西亚归侨郑国雄当年毅然回来参战

“国难当头，哪有不为国出力的？”

104 岁的郑国雄，虽然拄着拐杖，但一步步走得很稳健。他告诉记者，自己还可以上下 4 层楼梯。

当年他毅然从马来西亚回来，在抗日战场上死里逃生。几十年过去了，郑老目光坚定地说：“国难当头，哪有不为国出力的？我从来没有后悔当初的决定。”

1930 年，18 岁的郑国雄回到广州读高中，“那时每个星期参加 4 小时的军训。老师说，学完就可以上战场了。我还蛮期待的。”

郑国雄回忆说，七七事变后，当时整个广州城内群情激昂，到处是抗日宣传，热血青年纷纷从军。他心里也只有一个心愿，就是上前线打日寇。毕业后，他没有听从父亲的安排回马来西亚，而是报名参了军，不久升任中尉排长。

1937 年 9 月，黄埔军校四分校招生，郑国雄不顾家人反对，坚持报考。由于战事吃紧，这一期学生全部提前半年毕业，开始实战学习。郑国雄在南岳游击训练班经过短训，被编入五十四军任工兵排长，开始接受战火的洗礼。

1939 年 12 月，日军直逼广东的战时省会韶关，第一次粤北战役打响。16 万日军将国军两个军围住，形势危急。五十四军接到命令急赴韶关。“粤北战役打得十分惨烈，五十四军就牺牲了 4000 多人，几乎是全军的一半。”

郑国雄当时在工兵队，负责掩埋战友的尸体。“他们就一个一个地排着，没有棺材，但这对于当时的战士来说，已经是最好的葬礼。”说起当年为战友送行的这一幕，郑国雄如今依然很难受。

然而，在中国军队的顽强阻击和增援部队的夹击下，凶恶的日军渐渐败退，中国军队穷追猛打。在从化良口镇的鸡胸山，五十四军再次与日军恶战。其间，郑国雄有两次命悬一线。一次是在冲锋时，敌人的子弹从他肚皮边划过，留下一道很深的瘢痕；还有一次，他带着十几个工兵半夜潜入敌方前线去剪断日军的铁丝网，“剪到第三道时被日军的探照灯照到，日军的机枪马上横扫过来，我顺势打了几个滚，子弹就落在我周围，很险！”

林峰

■ 延伸

抗日战争时期，华侨回乡服务团的足迹遍布广东各地，除“东团”“琼团”“会宁团”以及马来西亚潮侨救乡总会外，粤北、粤东和南路都有华侨回乡服务团。各地华侨服务团，在抗日民族统一战线的旗帜下开展工作，产生了广泛的影响。毫无疑问，各地华侨回乡服务团的抗日斗争，是广东抗战的一个组成部分，华侨回乡服务团也是广东人民抗日爱国斗争的一支宝贵的力量。太平洋战争爆发以后，由于国民党当局的限制，加上侨援基本断绝，各地的华侨回乡服务团基本停止了活动。华侨服务团的团员，除少数返回海外，绝大多数留在国内，在中国共产党的领导下参加华南人民抗日游击纵队，坚持抗日斗争。

印度归侨林峰加入抗战远征军

本想两年驱敌寇　归来与母阴阳隔

2009 年 5 月，在众多热心人士的帮助下，9 位留缅远征军老兵跨入了国门，走上回家寻亲之路。那一次，是他们离乡半个多世纪后的第一次回家，也许也是最后一次。

6 年后的夏天，南方日报记者来到缅甸曼德勒，想再寻抗战华侨老兵，但只能找到唯一健在的林峰，他今年已经是 92 岁高龄。与南方日报记者谈起那段激情燃烧的岁月，这位祖籍广东的老人难掩内心激动，还行了个标准的军礼。

林峰住在曼德勒商业区，隔壁饭店的味道不时飘来。在朴素的房间内，墙上挂着他行着标准军礼的照片。“我原名叫林少京，家乡在广东梅州。”年过九旬，林峰依然精神矍铄，思路清晰。他告诉记者，1923 年，他出生在印度加尔各答，他是第五代印度华侨。

1942 年，林峰正在梅县家乡读高二时，香港、汕头、潮州相继沦陷。

当时梅县城处处张贴着“抗日救国”的宣传标语，他内心激起了“投笔从戎，保家卫国”的满腔热情。这年秋季，林峰不再犹豫，北上考上了中央无线电军事通讯学校。

他安慰母亲：最多两年可能回来。“谁知，我这一走，就再也没见过母亲。她在梅县去世时，我都没能在她身边，这是我此生最大的遗憾。”林峰说。

林峰从通讯学校毕业后，接受了为期三个月的步兵训练，之后被分配到在云南大理的远征第十一集团军无线电情报总台，后来又被调往总司令部参谋处。

1943 年 10 月，为执行盟军关于在缅甸对日军发动攻势和打通中国西南国际交通线的决定，驻滇西远征军司令长官卫立煌决定以腾冲为目标，对日军发动进攻。林峰所在的第十一集团军是滇西反攻两大集团军之一，总司令宋希濂。反攻命令下达后，林峰常通宵达旦地工作。他说："为防止敌人窃听，我们还必须频繁更换无线电密码。"

1944 年 5 月，为打通滇缅公路，20 万远征军集结滇西，进攻龙陵、腾冲和松山。其中，松山是滇缅公路出入滇西地区的咽喉要地，掌握它就相当于掌握着怒江战场的主动权。

"我方虽有炮兵十团用重炮和各类型的山炮向松山不断轰击，还有盟军飞机的助战，但因敌方炮火极其猛烈疯狂，因此我军官兵在奋不顾身作战中伤亡惨重，血染山河。"林峰说。松山一战打了近 100 天，远征军用伤亡 7763 人的代价，毙杀日军超过 1250 人，终于收复了松山。

2009 年，林峰 67 年来第一次回到家乡梅县。据其子林裕源介绍，林峰在母亲的坟前坐了很长时间，泪水和着雨水从他苍老的脸上滑落。

肆

上千华侨投身“飞虎队”

神奇的53号飞机静静地停在位于云南片马的驼峰航线纪念馆中，无声地向人们诉说着那段用鲜血染红的悲壮历史。当年，那冰山雪峰之间，是一条由血肉和铝片堆成的空中生命通道。

华裔“飞虎队”队员在调试武器

■ 延伸

美洲华侨航空学校和旅美中华航空学校的学员毕业后，大部分分批回国。如波特兰美洲华侨航校前两期毕业的 36 名学员中，回国服务的有 32 人，其中有 4 人后来担任中国空军大队长。美国华侨飞行员回国后，绝大部分加入中国空军行列，他们与国内飞行员一道，保土卫空、喋血疆场，战功卓著。例如，被人称为“空军虎将”的黄泮扬、陈瑞钿，同是毕业于波特兰美洲华侨航空学校第一期的学员。黄泮扬曾任空军大队长，因击落 8 架敌机而名震四方。陈瑞钿回国后先任览桥航校教官，后参加对日空战，击落敌机 1 架。在保卫武汉的空战中，他用自己的飞机直撞敌机，使敌机魂飞魄散，在窜逃中粉身碎骨。

“巴达维亚（雅加达）三剑侠”，是对印尼华侨许启兴、许启新、许庆娘三兄妹的美誉。老大许启兴不仅为中国抗战捐资，还驾驶自购飞机回国，成为中国空军飞行教练员，1937年在执行任务时不幸牺牲。许启新、许庆娘继承兄长抗日救国遗志，双双获得航空飞行资格，一起驾驶侨胞资助购买的战机回国参战，在对日寇空战中表现英勇。

华侨空中英雄以及地面空勤人员，是抗战时期中国空军的重要力量，不少人在战斗中献出了年轻的生命。资料显示，归国华侨约占中国空军驱逐机飞行员一半，驻广东空军从队长到队员均以华侨子弟为主。而中国空军美国志愿援华航空队“飞虎队”也有上千名华侨青年。

在江门五邑华侨华人博物馆、五邑大学，记者查阅到记载华裔飞行员英勇事迹的史料；在美国华盛顿水门大厦，记者和90岁的陈香梅女士聊起“飞虎队”的风云人物，以及其中的华侨勇士；在美国、加拿大、新加坡，记者努力追寻仍然健在的“飞虎队”队员、飞行员，被岁月磨蚀的历史又变得清晰起来……

华侨飞行员技术高超勇于献身

全面抗战初期，日军空中优势十分明显，对中国军队和平民的杀伤力很大。为改变这一悬殊的力量对比，广大华侨积极利用外国先进的航空培训条件，纷纷兴办航校培育“雏鹰”，或派侨胞青年到欧美航校学习技术。许氏三兄妹就毕业于荷兰航校。

美国华侨社团开办的航校特别多，如芝加哥三民飞行学

美国华侨分别在波特兰、旧金山成立美洲华侨航空学校、旅美中华航空学校，为祖国培训、输送航空人才。图为美洲华侨航空学校第一期学生

延伸

美国华侨对波特兰、旧金山这两所航校给予了很大支持。波特兰的美洲华侨航校创办不久，林若泉医生即捐献教练机一架，后来俄勒冈州华侨救国统一会又多方集资10万美元，购置了战斗教练机三架，命名为“民族”“民权”“民生”号，供学员训练之用。旧金山的旅美中华航校也是如此，华侨不仅捐资购机，而且踊跃为航校输送人才。以第三期为例，其学员分别来自旧金山、洛杉矶、西雅图、芝加哥、纽约、夏威夷等十余个城市和地区。

校、底特律航校中国学生班、匹兹堡航空侨校、洛杉矶华侨航空学校，还在波士顿、纽约组建华侨航空救国会等组织。任贵祥先生所著的《华侨第二次爱国高潮》一书中介绍，美国航校毕业的华人飞行员有 200 多名。

当时南洋的印尼、泰国、越南、菲律宾等国，亦有许多华侨飞行员和飞机维修人员回国参战。仅从菲律宾回国参加中国空军的华侨就有 62 人。

毕业的学员回国时不仅带来航空技术，还带着侨胞捐款购买的飞机。早在 1932 年初淞沪抗战爆发时，驻广东空军派遣一个混合机队赴沪参战，其中就有刘沛然、陈信源等归侨飞行员。华侨飞行员的贡献不只是打下多少架敌机，更重要的是，他们以勇于献身的精神、高超的技术和机智的战术，极大地鼓舞了士气，振奋了民心。

在 1937 年 8 月的南京句容空战中，日军首次出动所谓的“王牌”轰炸机队。中国空军以陈瑞钿、黄泮扬、黄新瑞、雷均炎、苏英祥等归侨飞行员为主力出战，击落日机 6 架，我军无一伤亡。台山籍美国归侨、中央空航六队分队长黄毓铨，婚假后刚返回上海机场队部，眼见印度归侨朱达先空战负伤着陆，他立即穿上飞行服，登上朱达先那架弹痕累累的飞机起飞迎敌，不幸因飞机操纵系统受创坠落而牺牲。黄毓铨是第一位牺牲的华侨飞行员，当时年仅 28 岁。

陈瑞钿是著名归侨空军英雄之一。1937 年 9 月山西太原空战，他一人驾机与日军多架飞机周旋，在飞机受伤的情况下还击落 4 架日机；1938 年 5 月武汉空战，他一人击落 2 架日机，在与第三架日机较量时弹药耗尽，准备撞毁日机，最后两机相撞坠地，陈瑞钿提前跳伞，只是头部受伤。在 1997

画有虎鲨头的“飞虎队”飞机

■ 延伸

在抗日战争后期，美国退休飞行教官陈纳德在中国创立的“飞虎队”，打得日本侵略者魂飞魄散。在这支威震四方的“飞虎队”中，有九成左右的飞行员为美籍华裔。威震沙场的“飞虎队”，在31次空战中，以5—20架可用的P-40型战斗机共击毁敌机217架，自己仅损失了14架。这支中国空军美国志愿援华航空队以插翅飞虎队徽和鲨鱼头形战机闻名天下，其“飞虎队”的名字也家喻户晓。1943年，志愿航空队改为第14空勤大队。此后，“飞虎队”越战越勇，不仅在中国的天空中打击日军，而且远赴南洋和日军作战，还飞越喜马拉雅山，开辟了著名的“驼峰航线”，把大量军用物资从印度送到中国。

至抗日战争结束，第14航空队共击落敌机2600架，击沉或重创223万吨敌商船、44艘军舰、13,000艘100吨以下的内河船只，击毙日军官兵66,700名。

年 10 月 4 日美国空军战斗英雄馆举行的表彰仪式上，他成为第一位获美国表彰的二战华裔空战英雄。

上千华侨子弟加入“飞虎队”

2015 年 5 月，90 岁高龄的美国国际合作委员会主席陈香梅在华盛顿接受了南方日报记者的专访。这位传奇女性与美国“飞虎将军”陈纳德喜结连理的佳话，在中美两国人民之中广为流传。

1941 年 8 月成立的中国空军美国志愿援华航空队，因战斗机机身上有虎鲨标志，故名“飞虎队”，陈纳德被任命为“飞虎队”司令。据当时的中国政府统计，有 299 架日军飞机被“飞虎队”击落或击伤后坠毁。

中国华侨历史学会理事梅伟强教授介绍，全面抗战爆发后，北美的很多台山籍华侨子弟毅然回国参加空军，在空中抗击日本侵略者。当中就有不少人加入了著名的“飞虎队”。

陈香梅告诉记者，当年她作为一名女记者，在采访时认识了“飞虎队”官兵。据她了解，有 1000 多名在美国应征入伍的华侨青年，被编入美国第 14 空勤大队（即“飞虎队”），来到中国战场支援作战。他们大多祖籍是广东。

为了让后人铭记二战的历史教训，前几年，已是耄耋之年的台山籍“飞虎队”老兵回到家乡，将珍藏的相片、奖章、徽章、军服、杂志等捐给当地博物馆。原“飞虎队”空军上尉梁炳聪等美籍华人空军战友，还在台山建起了一座“飞虎亭”。

李月英

■ 延伸

值得一提的是，一些华侨妇女也加入航空救国的行列。美洲华侨航空学校第二期学员中就有两位华侨女青年，她们是李月英和黄桂燕。1932 年 2 月，她们随男学员一道回国。李月英先后在杭州的航空署图书馆和上海虹桥机场任职，后返回波特兰当民航驾驶员，在一次航行中失事殉职。黄桂燕则在航空器材科当打字员，不久随航空署迁往南昌，最后病故在那里。还有一位是 1936 年被蔡廷锴将军称作“女界之光”的张瑞芬。张瑞芬 1931 年进入林肯航空学校，1935 年取得国际飞行执照，从而成为第一位获得美国飞行执照的中国女性。七七事变后，张瑞芬驾驶飞机从洛杉矶出发，先后飞抵旧金山、芝加哥、圣地亚哥等市，还举办航空图片展览，激发侨胞的爱国热情。当时，旧金山的华侨曾捐款 7000 美元，购买了一架教练机，赠予张瑞芬，作为她回国办航空学校之用。

“驼峰航线”上演生死时速

神奇的53号飞机静静地停在位于云南片马的驼峰航线纪念馆中，无声地向人们诉说着那段用鲜血染红的悲壮历史。当年，那冰山雪峰之间，是一条由血肉和铝片堆成的空中生命通道。

在日军切断滇缅公路，中断中国海路、陆路对外运输线后，中美两国为了运送战略物资，被迫开辟了“驼峰航线”——从印度阿萨姆邦到中国云南昆明。在这条世界航空史上最艰险、付出代价最大的航线上，飞行员可谓随时“命悬一线”。从加拿大回来的粤籍华裔飞行员马邦基、马绍基兄弟，在“驼峰航线”上不顾生死，8个月里飞行了420次，运送了大量物资和人员。

亲历者之一的广东侨胞余柏荣，曾经口述过飞越“驼峰航线”的惊险场景：“晚上飞越喜马拉雅山最危险，冰雪在窗外积结成霜，足足有两三厘米厚，外面几乎什么都看不到。飞行只能凭经验，之外就是听天由命……为了尽量多装军需物资，飞机上的备用汽油都很少。如果在暴风雪中困久了，就永远出不来了。”

除了恶劣天气，飞行员还要应对险峻的山势，迎战随时可能出现的日军战机。“日军战机通常在两三万英尺高的地方飞行，我们的飞机要在1万多英尺的地方低飞，才能保证不被日军发现。”余柏荣说。

说起“驼峰航线”，就不得不说到陈文宽先生。1942年6月，他接受任务——勘察开辟驼峰新航线，用生命和胆略闯出一条空中通道。

回忆起当年的惊险场景，陈文宽先生如此说道：“由于山谷太长，飞了10分钟都没有飞出去，突然一团浓密的乌云截断去路。如果在山谷中钻云，就是找死；而转弯退出的话，因为四周都是山，空间狭窄，还是会粉身碎骨。”

作家刘小童所写的《驼峰航线》一书中提到：“在日寇兵临城下的枪炮声中，陈文宽先生搭载着刚刚轰炸了日本东京的盟军空军英雄杜立特中校和其他人飞离密支那机场。定员28人的C–47飞机，这一次却运载了78人！这项世界纪录至今无人打破。”

■ 故事

黄氏兄弟同赴中国抗日战场

1920 年出生于美国波士顿的黄廷深先生，对祖籍所在地仍然记忆深刻——广东开平蚬岗坪头东里。老人已是 95 岁高龄，除了听力因在二战时受炮火声影响稍有受损之外，身体硬朗。听到有来自家乡广东的记者来访，他激动地拿出退伍军人集会棒球帽送给记者。

日军偷袭美国珍珠港后，美国正式对日宣战。听说要组建一支会说中文和英文，部署到中缅印战区的美国空军部队，许多美国华人纷纷入伍，黄廷深和弟弟黄廷洛也在其中。1942 年 11 月，黄廷深被编入美国第 14 空勤大队，接受了为期半年的军事训练，老人还记得当时的教官李华亮也是华人。

1943 年 6 月，黄廷深进入美军第 14 空勤大队第 407 空勤中队，这支中队由 260 名美国华人青年组成，包括机械师、电工、工程师等。黄廷洛则被编入美军航空兵第 1157 通信兵团。兄弟俩先后前往中国。

黄廷深等人到中国的路程十分曲折，其所在的第 407 空勤中队经过阿尔及利亚，穿越地中海进入印度，经由孟买、加尔各答，最后飞越“驼峰”到达昆明。他记得，军中华裔队员多为广东同乡，对川蜀地区口味偏辣的饮食难以习惯，曾在重庆城到处寻找广东餐厅。黄廷深随后被分配至陕西安康工作，除了后勤工作，还负责美军与中国部队、当地百姓的交流。1945 年 8 月 15 日，日本宣布无条件投降，黄廷深随部队移师湖南芷江，参与盟军对日军受降准备工作。

黄廷深

■ 延伸

在孙中山“航空救国”的号召下，投身祖国航空飞行事业的人士众多。1931年，“九一八”事变后，美国华侨的爱国热情日益高涨。美国旧金山侨胞“以抗日救国，匹夫有责，不数日即已筹得美金300余万”，“购机30架”，汇交十九路军，支援抗战。除捐款捐物外，还有一支由250多人组成的华侨抗日义勇军奔赴淞沪抗战前线，组编为华侨义勇军第一总队。归侨飞行员、军政部航空第六队副队长黄毓铨，在淞沪抗战的空战中英勇善战，先后击落日机多架。在2月5日的空战中，不幸遭数架日机围攻，壮烈牺牲，时年28岁。这是中国空军抵御外侮英勇献身的第一人。华侨对淞沪抗战的各种支持，对于增强十九路军的实力、鼓舞士气具有积极意义。

战后退伍的黄廷深回到波士顿，开过杂货铺卖酒和粽子，也在餐厅、超市当过经理。黄廷深曾返回故里，将父母骨灰安葬于家乡的青山上。作为美国华裔军人退伍协会会员，老人因在二战战场上为世界和平做出的贡献，受到过美国政府的表彰。

陈锦棠

■ 延伸

“九一八”事变后，美国华侨认识到航空救国的重要性，加快了航校建设的步伐。1931年底，纽约华侨反日救国会发起、创办了航空学校，拟于最短时间内培养航空人才3000名，“并四处筹款，向当地订购新式战斗机，聘请美国富有经验的航空教员为教授”。波特兰、旧金山、洛杉矶、檀香山等地华侨，“变卖产业为国输将者有十余人之多，而自愿加入航空学校为决死队者共有五千余人”。为了发展中国的航空力量，中国国民党甚至在旧金山地区建立了一家航空学校专门招收华裔青年，同时派出一些年轻人到纽约的柯蒂斯航空学校接受培训。

“飞虎队”老兵陈锦棠：从《论持久战》中获得坚定信心

美国纽约华裔退伍军人协会每年举办活动时，都会摆上几张空椅子，以纪念在二战中牺牲的战友和那些先行去世的老兵。

“飞虎队”老兵陈锦棠在当地接受记者采访时说：“卷入战争是我们这代美国华人无法回避的选择。我这辈子最自豪的是，回到故乡与中国军队协同作战，为中国的抗战出力。”这位老兵已经92岁，还在纽约车流不息的街头上驾车奔驰。

15岁逃离广东　20岁在纽约从军

南方日报：“飞虎队”里是不是有很多华人面孔？

陈锦棠：我确切知道名字的，台山籍“飞虎队”老兵就有32人。跟我同一个队的士兵，来自我们村的就有四五个人。“飞虎队”有1000多名华人，很多人祖籍是广东。我现在还经常保持联系的一位名叫李群的人，宝安人，已经97岁了。

南方日报：为什么想回到祖国参战？

陈锦棠：是时势所逼，是战争让我们做出这样的选择。1938年日军占领广东时，我才15岁，为了活命辗转到了香港。读了一年初中后，日军又一次南下，我于1940年乘船经新加坡，到加拿大温哥华，再坐横贯美洲大陆的火车到波士顿，最后到了纽约，这路上走了10个月。到纽约后，我在唐人街洗衣店当学徒。太平洋战争爆发，美国政府号召华人子弟参军，全国有1000多名华人子弟加入，其中从纽约去的就有好几百人。我也报名了。

南方日报：您是怎么回到中国的？

陈锦棠：我们在林肯的故乡伊利诺伊州的斯普林菲尔德接受军事训练，随后被编入美军第14空勤大队。1944年1月，我们从弗吉尼亚出发，一路都有日军的潜艇追逐袭击，十分危险。就这样航行到了南美洲，再跨过大西洋，绕过非洲南端的好望角，才终于抵达印度。不过这艘船在返航途中，还是被日军击沉了。我们从孟买坐火车到了加尔各答，在当地训练2个月，再乘飞机通过"驼峰航线"前往云南昆明。当时和我同一组飞往昆明的有8人，都是五邑人，我是年龄最小的一个。

南方日报：您是通信兵，主要执行什么任务？

陈锦棠：我们在云南北部负责操作无线电台，与总部保持通信，截获、破译敌军信息等。我们是"流动的电台"，哪里需要就去哪里。

巧遇叶挺之女　留下珍贵合影

南方日报：现在您给我们看的这些珍贵的照片，背后肯定有很多故事吧？

陈锦棠：这些照片是当时军中的摄影师赠送给我的，有很多"飞虎队"战友的留影，也有我跟中国军人、百姓的合影。有一张拍摄于湖北恩施，除了我们3个华人士兵，还有叶挺的女儿叶扬眉。那天我们在恩施街上见到一个讲着广东话的可爱小姑娘，就很好奇地去跟这位小老乡聊天。不久，我们和叶扬眉兄妹成了好朋友，还两次探访叶家，并写报道发给纽约的《美洲华侨日报》，海内外人士才知道叶将军被幽禁在恩施的情况。

南方日报：您当时坚信抗战会胜利吗？

陈锦棠：我还在香港读初中时，老师就布置我们写《抗战胜利》的作文。那时，我读了毛泽东的《论持久战》，便已经坚信，中国最后一定会胜利！

伍

南侨机工用生命打通“抗战输血线”

“中国有千百条公路，数不清的桥梁，然而没有哪一条像滇缅公路，也没有一座像惠通桥那样可以载入史册。”这是中国著名作家萧乾的评价。他没有说出来的是，历史之所以记得惠通桥，是因为那些曾经千万次跨越惠通桥的人——南侨机工。

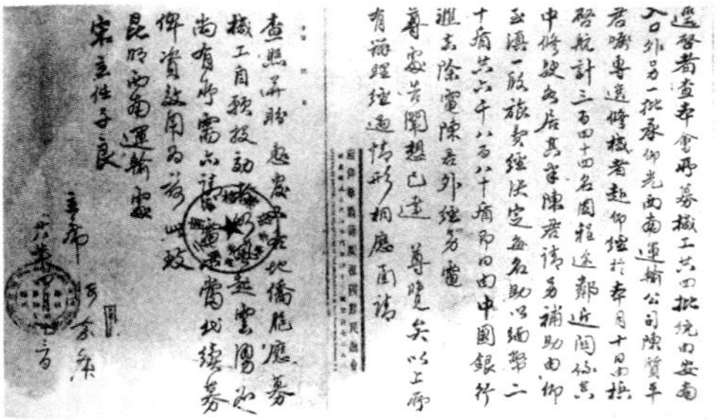

陈嘉庚致宋子良关于招募机工函

■ 延伸

1938年10月，广州、武汉沦陷之后，抗日战争进入艰苦的相持阶段。当时，华北、华中和东南大部分已沦于日寇魔爪，我国对外的水陆交通大部分被截断，滇缅公路成为运送援华物资的交通命脉。而这条交通线是新开辟的，崎岖难越，需要技术水平较高的司机，但国内非常缺乏这方面的人才。为此，设在昆明的西南运输处主任宋子良电请南侨总会支持解决。1939年2月7日，南侨总会根据西南运输处的要求，在报上发布南侨总会第六号通告，并另发公函给各地的筹赈会，征募回国机工。

2015年6月，在马来西亚吉隆坡广东义山，记者终于见到心中驰念已久的华侨机工回国抗战殉难纪念碑。这块由马来西亚雪兰莪华侨筹赈祖国难民委员会于1947年竖立的碑石，与中国云南省昆明西山森林公园内耸立的南洋华侨机工抗日纪念碑相隔千山万水，遥遥相望。

虽然离繁华的都市不远，但纪念碑所屹立的这片土地却非常肃静。在红色地面和绿色树林的映衬下，白色的碑塔格外醒目。在这里，每年都有来自全球各地的人们祭奠为国抗战牺牲的侨胞先辈。

南侨机工，抗战史上一个光荣群体的名字。1939年，3193名侨居南洋的年轻汽车驾驶员和技术工人，毅然抛弃优裕的生活，用生命和血汗在滇缅公路上打通了一条“抗战输血线”，运送抗战官兵及45万吨国际援华物资。其中超过1/3的人，因枪林弹雨、悬崖险路或各种疾病，永远地倒在了这条路上。

70多年沧海桑田，当年意气风发的青年如今均年事已高。据记者最新统计，截至2015年7月，全球健在的南侨机工仅12人。我们怀着崇敬之心寻访幸存者，梳理历史中的这段烽火岁月。

几乎每天都有人在滇缅公路遇难

“中国有千百条公路，数不清的桥梁，然而没有哪一条像滇缅公路，也没有一座像惠通桥那样可以载入史册。”这是中国著名作家萧乾的评价。他没有说出来的是，历史之所以记得惠通桥，是因为那些曾经千万次跨越惠通桥的人——

滇缅公路上的运输车辆

■ 延伸

滇缅公路，南至缅甸的腊戍，北抵中国的昆明，全长1146公里，这是云南20万民工从1937年12月至1938年8月，用大半年的时间修筑的一条中国西南对外交通大动脉。1938年8月31日，《云南日报》在发布通车报道时，甚至称这条公路是继“长城、运河之后的又一巨大工程”。不过在这条公路行车并非像坐车兜风那么潇洒，而是要冒极大的危险，要闯过四道难关：第一道是路段险情关。滇缅公路要翻过高黎贡山和大王山这些大山，跨过怒江、澜沧江、漾濞江等大河，单程七八天的路程，约有1/3的路段是贴着悬崖，路宽不过2丈，狭窄的地方仅能容一辆车通过，稍有不慎就会车毁人亡。第二道是雨水泥泞关。由于当时的公路并未铺设柏油，雨季行车，满路泥泞、坑坑洼洼，寸步难行。第三道是瘴疟威胁关。西南气候潮湿，蚊虫猖獗，瘴疟流行，许多人得了恶性疟疾。第四道是日机轰炸关。为了切断这条交通线，日寇飞机经常进行轰炸偷袭，从而给行车造成很大的威胁。

南侨机工。

1937 年 7 月 7 日，卢沟桥事变。1938 年 10 月，广州失守。此后，敌人封锁了上海，河内昆明铁路也被截断。至 1939 年，日寇全面封锁了中国海上交通，企图将中国困成“孤岛”。而由中国军民紧急抢修出来的滇缅公路，就成为唯一连接外部的运输大动脉。处于战争物质严重“缺血”状态中的中国，急需大批熟练司机和机修工，来运送国际援助的物资。

1939 年 2 月 7 日，著名爱国华侨领袖陈嘉庚先生领导的南侨总会发出《征募汽车修机驶机人员回国服务通告》，号召南洋华人子弟回中国，担负起滇缅公路的抗战运输任务。随后，从南洋各地汇集到新加坡的机工 3193 人，放弃收入稳定的工作或富足的家庭生活，在同年分 9 批赶赴云南。

滇缅公路由云南昆明至缅甸腊戍，全长 1146 公里，沿途除了随时可能被敌机轰炸的危险外，还有三道夺命的难关。老机工告诉我们：首先是疟疾关，倘若染上则一病就是一年半载，行车途中病发那是痛苦难忍；其次是险路关，沿途山高坡陡，悬崖峭壁，驾车稍有不慎就会翻车甚至坠崖；再就是雨季关，终日暴雨令山路险上加险，在这种条件下行车，几乎每天都有人遇难。

但机工们为了维护这条抗日救国运输线，无人临阵退缩，其中上千位华侨机工献出了年轻的生命。在昆明到重庆有一段滇缅公路延伸线——在贵州晴隆一段被称作“24 道拐”的崎岖山路，呈“S”形的急剧拐弯一个连一个，那曾是机工们最难闯的一关。

机工罗开瑚曾告诉记者，当时的公路状况很差，140 公里要跑 3 天，还有人连车带人翻到山沟牺牲了。据记载，

李亚留

■ 延伸

南侨总会一声号召，马来西亚各地的华侨热烈响应。陈嘉庚直接领导的新加坡筹赈会行动最迅速，第一批回国机工从动员、集训到整装出发，仅用了一个月的时间。1939 年 3 月 8 日，新加坡第一批华侨机工 207 人告别了亲友，乘“丰祥轮”经越南西贡回国。3 月下旬，第一批回国机工就在西南运输线上开始服务了。

从 1939 年 3 月 8 日新加坡第一批华侨机工启程回国，到 1939 年 8 月 8 日最后一批机工 600 多人被送上归途的 5 个月时间内，由南侨总会征募回国抗战的华侨机工共 15 批 3193 人，他们被统称为“机工”或“南侨机工”。其中，大多数是新加坡和马来西亚各地抗敌后援会的成员。

1939 年 4—7 月，机工们就发生车祸 24 起。

1941 年，公路上发生了一起车祸。南侨机工杨维铨刚好经过，见状立即停车救助。他十分意外地发现，受伤司机竟然是个女扮男装的青年女子。这个女司机就是机工中唯一的女性——李月美。在长达 2 年的时间里，一个弱女子在危险又劳苦的一线运输部队里支撑下来，并且不被发觉，堪称是“现代花木兰”。

南方日报记者曾在马来西亚砂捞越采访 1919 年出生的李亚留。对于这位机工来说，至今印象最深的还是滇缅公路的十曲八弯，他曾亲眼看到队友的车滚下悬崖。那些日子里，他常常独自出发执行任务，不知道走了多久和多远，只是拼命往前赶，直到天黑看不清路才歇息。

路上的危险如影随形，李亚留有时夜里经过森林时，会有狼群围上来。他于是启动汽车，用车灯和马达声吓跑狼群。1941 年元旦那天，李亚留与 3 名队友正准备吃饭，突然传来日本战机轰炸的声音，紧接着“轰隆”一声，炸弹就在他们身边爆炸。

滇缅公路上的咽喉工程功果桥和惠通桥，曾多次遭遇日军轰炸，但南侨机工用聪明与勇敢去克服困难，确保抗战物资运输道路保持畅通。机工王亚六就有这样的亲身经历。他第一个开车通过机工们用空汽油桶搭起的浮桥，当时他心里对这桥能否承受得住满载物资的汽车的重压完全没有把握，“那真是用命来搏啊。”他回忆说。

新加坡二战历史研究会理事邹璐在赴云南一带采访时发现，牺牲的机工坟墓都是朝着南洋方向，永远遥望亲人。

舍弃优裕生活毅然回国抗战

在滇缅公路上，南侨机工们将所有的热情投入到艰难的工作中，为抗日战争做出了卓越贡献。

1939 年至 1942 年，他们与中国国内培养的机工一起，运送了 10 万中国远征军入缅作战。在物质运送方面，他们更是主力。据《中华民国统计提纲》记载：滇缅公路在这 3 年中，共运输物资 45.2 万吨，而当时所有的国际援助约 50 多万吨，这意味着九成以上物资都由南侨机工运到中国。

在到达中国参加抗战之前，因为身怀开车或机修技术，南侨机工在侨居国的生活和工作大多较为优越，收入颇丰。如被编入第二批启程回国的新加坡机器工程回国服务团的王文松，在新加坡是卓有声望的高级工程师。机工张文祥原来在南洋月薪相当于 1040 元国币，回中国后拿的是 140 元补贴。而绝大多数机工的每月补贴只有 36 元国币。

记者在查阅资料和采访机工本人的过程中，耳听目睹的都是感人肺腑的故事。

潮州籍南侨机工张智源就是其中之一。他的夫人杨应吟是广东潮州一个显赫世家的独女，正直、能干的张智源被家族视为未来事业的继承人。1939 年，张智源在新加坡接掌杨家在南洋的庞大产业。

然而，他被南侨机工的招募宣传深深吸引，并为之热血沸腾，义无反顾地抛下杨家百万家财，加入了南侨机工。张智源在潮州的父亲闻讯又担心又生气，不久后病危。大哥托人带信给张智源，希望他去见父亲最后一面。远在昆明的张智源收到信件，但同时又接到要赶往缅甸执行任务的命令。

年轻的机工在滇缅公路驻扎营地上合影。从腊戌到昆明，单程行车运一趟军火，大约需要一个星期的时间

■ 延伸

南洋华侨筹赈祖国难民总会第六号通告（征募汽车修机驶机人员回国服务）

为通告事，本总会顷接祖国电委征募汽车之修理人员及司机人员回国服务，（修机者按数十人）凡吾侨具有此技能之一，志愿回国以尽其国民天职者，可向各处华侨筹赈会或分支各会接洽，并注意下列各条方可:

（一）熟悉驾驶技术，有当地政府准证，识文字，体魄健全，无不良嗜好（尤其不嗜酒者），年龄在40以下20以上者。

（二）薪金每月国币30元，均由下船之日算起，如驶机及修机兼长者可以酌加，须在工作时，审其技术而定。

（三）国内服务之地，均在云南昆明，或广西龙州等处，盖由安南入口，旅费则由各地筹赈会发给。

（四）凡应征者，须有该地要人或商店介绍，知其确具有爱国志愿者方可。

……

事关祖国复兴大业，迫切注意办理是要，此布。

是回乡见一见弥留之际的父亲，还是继续完成任务？张智源选择了后者。不久，老父带着对滇缅公路上儿子的牵挂离世。

祖籍潮安的马来西亚古晋华人许海星，曾是翩翩少年，会开车、爱拍照，有一份收入不错的技术工作。然而，他在22岁这一年放弃一切，加入了机工队。

在1941年底的长沙大会战期间，他经历了最危险的几天。当时，他在湖南衡阳火车站等着新一批汽车送到，这一等就是3天。其间，日军飞机多次轰炸，他只好躲到附近的墓地里去。他回忆说："敌机炸弹落得离我非常近，喷得我一头黄土，连嘴里也是。可以说，我是连续几天在鬼门关前打滚。"

经历过这一番壮怀激烈后，许海星回到安宁的马来西亚，做起了走村串镇的小货郎，并与一位当地姑娘结婚，还曾出任当地县议会的议员。如今这位已经九旬的老人对当年的烽火岁月仍然十分怀念，走过的山水、村落和城镇仍然历历在目。他喃喃地说："当年执行任务走过的每一个地方，我都记得清清楚楚。真想再去走一走。"

"这段历史应该留下来让更多人了解，它不仅是南洋华人的历史，更是中国历史和世界历史！应进行史料抢救性搜集和亲历者口述史整理。"接受采访时，研究南侨机工多年的林韶华博士说。

■ 故事

98 岁南侨机工黄铁魂：平均每一公里　牺牲一位机工

2015 年 6 月 11 日，南方日报记者来到马来西亚霹雳州一个叫和丰的小镇，去见西马最后一位南侨机工——1918 年出生的黄铁魂。如今 98 岁高龄的他，鹤发白眉，出门迎接我们时，腿脚还很利索，目光炯炯有神。马来西亚研究南侨机工的学者刘道南笑着介绍说："前阵子，他还骑着摩托车去买早餐哩。"

在老人简陋而又舒适的客厅里，老人的朗朗谈话声，将大家的思绪带回到 1939 年——那一年，一位名叫黄乐垣的青年瞒着家里，改名黄铁魂，报名加入了南侨机工。

老人回忆说，他们在马来西亚经过简单操练后，在 1939 年 7 月 19 日于新加坡红灯码头登船出发，然后在越南换乘火车经广西、贵州进入云南昆明，后被分派到广西柳州、桂林、河池以及贵阳等路段，运载军事物资支援抗战前线。

亲眼看到战友被炸死

黄铁魂记得，当时头顶上是日军的轰炸，地上是狭窄的石头路，一边是峭壁，一边是深谷。满载军事物资的道奇卡车，吃力地爬上斜坡，其中，很多机工翻车滚下山谷粉身碎骨，连尸体都找不到。特别是贵州晴隆那段"24 道拐"，成为事故频发的死亡弯道。

南方日报新马采访组一行人采访老机工黄铁魂夫妇，后排左起王华玲、申婉婷、刘道南、黄学佳及庄楚锐

在执行运载物资任务的路途中，为了避免日军轰炸，他们经常得开夜车，但又不敢开车灯，只好借着月光前行。此外，机工们缺乏御寒衣服，不少人还被冻死。而因为粮食供应不足，还有许多机工被饿病。加上云南毒蚊子特别多，往往被咬了就会感染疟疾，当时奎宁等药物缺乏，许多机工因此病死在山道上。

“21岁那年，我曾亲眼目睹了战友被敌机炸死的情景，因为飞机离我很近，我甚至看到了敌机上的飞行员。”当时，死亡对黄铁魂来说，可能仅有一步之遥。如今，黄铁魂的右脚上仍有一大块伤疤，就是当年留下的。

惠通桥被炸后有机工被日军活埋

据刘道南介绍，1146公里的滇缅公路，平均每一公里就牺牲一位机工。1942年初，日军攻入云南南部。国民政府为了切断日军攻占陪都重庆之路，下令在5月5日炸断怒江上的战略吊桥——惠通桥。令人心痛的是，有些机工没来得及过江，被留在怒江以南，惨遭日军追杀。其中有陈团圆等3位来自马来西亚的机工，就在芒市郊外被日军残暴活埋。

惠通桥被炸后，南侨机工在滇缅公路运载军火的任务就再也无法继续了。黄铁魂和一些队友也无法返回马来西亚，于是开始了流浪的生活。从1943年起，他先是在美军机场工作，之后还被送到印度加尔各答。再后来，黄铁魂去过斯里兰卡，澳大利亚的珀斯、达尔文和悉尼，然后漂泊到美国旧金山，以打杂糊口，苦不堪言。直至1948年，他才终于回到马来西亚，安定下来，娶妻生儿。

马来西亚华侨李月美（报名时改名李月眉，中排左六），穿着弟弟的衣服女扮男装参加槟城机器行回国服务机工队，直到 1941 年她在滇缅公路翻车受伤送医后，人们才知道她原本是女儿身。

■ 延伸

南侨机工在乘船离开南洋启程回国的时候，满怀激情高唱《运输救国歌》。这首歌的歌词是这样写的：

同学们，别忘了我们的口号，
运输救国，安全第一条。
车辆的生命，同样地（的）重要。
好好保养，好好驾驶。
快把运输任务达到，
再把新的中国来建造。
同学们，别忘了我们的口号，
生活要简朴，人格要高超，
不许赌钱不许嫖，快把烟酒齐戒掉。
听呵，哪怕到处敌机大炮，
宁愿死，不屈挠，
努力保家，忍苦要耐劳，要耐劳。
同学们，别忘了我们的口号，
唤醒着同胞，团结着华侨，
不怕山高，不怕路遥。
收复失地，赶走强盗，
把民族的敌人快打倒，快打倒。

他后来亲笔手书《漂流记》，将这几年的颠沛流离一一写入。另外，在黄铁魂精心保存的一本资料册里，有他当机工的各种票据、服务证明书、结业证书等资料，同时还有一部分工友留下的临别赠言。在他这一辈子中，机工的经历最为珍贵。

■ 见证

南侨机工张伟民：

偷偷改大年龄　13 岁奔赴前线

2015 年 5 月 21 日，广州大雨滂沱，在广东省第二师范学院的教工宿舍里，张伟民回忆起 76 年前那个太阳猛烈的中午，3 次落泪。

76 年前，少年张伟民为了加入南侨机工，偷偷改大年龄，离开家人远赴云南。

“我们从新加坡码头出发时，场面相当热烈。”张伟民记忆犹新，“祖母、母亲和弟妹都专门前来相送，父亲却远远地站在码头钟楼下没有走近。”当时他不知道，这一别竟是与父亲的永别。这一年，张伟民才 13 岁，是当时年纪最小的南侨机工，被编入总编队第九批。

母亲做垫子给他增高

张伟民说，全面抗战刚爆发时，南洋华侨反响就十分强烈，纷纷捐钱、义演支持。当武汉合唱团在马来西亚士乃镇进行抗日演出时，张伟民和其他爱国青年踊跃响应号召。“我们积极分子自动到场维持秩序，喊口号，卖花募捐，随后又在陈嘉庚先生的号召下参加华侨机工回国服务团。因为只有 13 岁，还偷偷报大了一岁。”

报名后，首先是一个月的培训。张伟民被编入士乃镇第三期南侨机工培训班，和其他青年人一起在“四隆园”里学习驾驶、汽修。培训结束后要进行结业考试，张伟民记得考试的内容有“上坡换挡”“紧急刹车”等。虽然年纪小，但张伟民艺高胆大，开着福特车几个回合下来，考试全部一次通过，引得旁观的人纷纷鼓掌。

“我年龄小，个头也差别人一大截，为了让我考试合格，母亲专门为我做了一个垫子增高。”张伟民回忆。

首次出车就看到车祸

“记得我第一次开车出任务，是跟一位说潮州话的归侨搭伙，他属于第三批机工。”张伟民和这位广东老乡在1939年10月份的一个清晨,开着道奇大卡车从昆明开往云南下关，下车时下关的风很大，几乎站不住脚。“路上有几十个弯，很危险，每到这些危险的转弯处，老司机就不让我开。”因为路况差，山路难走，经常有机工半路翻车，而水箱没水更是常见的事。

张伟民记得，他第一次出车就见到了严重车祸，那是因为司机在盘山路上方向盘打得太早而翻车。而有一次从下关回昆明，天快黑了，张伟民开着卡车，路过一条昏暗的街道，一不小心就撞在一堆原木上了，连旁边蹲着吃晚饭的人的饭碗也被撞飞了，所幸大家都只受了一点轻伤。

“滇缅公路运输线，是日军封锁沿海供给线后唯一的一条军需物资运输线，在这条路上执行的任务都是国家大事，机工们都懂。”张伟民说。

广东最后一位南侨机工张伟民

■ 延伸

1940 年初，关心南侨机工工作、生活情况的陈嘉庚先生在听到机工们的反映后，立即派南侨总会的刘牡丹先生专程前往滇缅公路进行实地调查。在经过一个多月的调查后，刘牡丹先生回南洋向陈嘉庚先生做了详尽的汇报。在报告中他说：“所经各站设备极其简陋，所遇各华侨司机等多面无血色，带病多泪，目不忍睹。”陈嘉庚先生听后心急如焚。经过思考，他做出在滇缅公路上设立 7 个停车站、每站建几个停车场的决定。同时，南侨总会还给每位机工赠送蚊帐、毛毯、工作服、卫生衣、运动鞋、奎宁等日用品及药品，并两次致电西南运输处，建议在沿途设立机工宿舍、医疗站和停车场。

■ 故事

南侨机工的人生与家庭

76 年前，当中国抗日战争进入最艰辛阶段的时候，中国与其他国家的海陆交通基本被掐断，位处西南的滇缅公路，便成了外国援助中国战略物资进来的唯一“输血管”。

当时国内缺乏汽车驾驶人员，1939 年以陈嘉庚为首的南侨总会号召华侨青年回国服务，近 3200 名热血侨胞响应号召，参加了南洋华侨机工回国服务团（以下简称“南侨机工”）。从 1939 年至 1942 年间，他们运送了无数抗战官兵及总计 45 万吨的国际援华物资抵达抗战前线，占当时国际援助物资总量的 90% 以上。而近一半的南侨机工却为此献出了生命。

这 3200 位壮士好似遍布东南亚的凤凰花一样，不仅将最灿烂的青春奉献给了中国抗战，而且他们的爱情、婚姻及家庭生活都因为这段历史被打上了特殊的烙印。

随着年月的流逝，他们的身影已经渐渐远去，但他们的故事应当像凤凰花一样永远璀璨，永远被后世铭记于心。

百岁机工的坎坷半生缘

马来西亚砂捞越州的首府古晋不是旅游热点，也不是商业中心，到处花红树绿，古朴自然。我们经过 2 小时车程，来到西连镇，看望近百岁的南侨机工许海星。

小镇的中心是一条百年老街。那一溜儿的木制骑楼，挂着复古气息浓郁的招牌，木楼外墙雕着精致的花纹，只是没有店员、顾客和货品，整条街上一片空寂，只有两位老人在悠然喝茶，一派与时光隔绝的模样。年近百岁的老机工许海星告诉我们："我当年就从这里出发，踏上赴中国的行程。"

镇上唯一有生气的是一所华文学校，拥有 200 多名学生，教学楼整洁漂亮，并且配备有标准的操场。老人幽默地说："当年我上学时，一届仅有 4 个学生，可如今他们都已经走了，只剩下打不死的我，哈哈！"

我们在他家坐下，一边品尝他妹妹做的马来点心和潮州小吃，一边听老人讲述他跌宕起伏的人生。

"一滴汽油一滴血"

祖籍广东潮阳的许海星，出生于 1915 年，是移居砂捞越的第四代华人。像许多马来西亚当地的华人一样，他从小语言天赋过人，会讲潮汕话、闽南话、客家话、马来话和英语。当年，他舅舅是开金矿的，所以家境还不错，父亲送他回汕头聿怀中学念过书。

相片上的许海星，年轻时真是个英俊小生。他 17 岁就会开汽车，在机器厂做过技工，在舅舅的内河船上当过船长，还会照相和冲洗相片，收入相当不错。

然而，中国抗日战争的全面爆发打乱了中国人民平静的生活，也打断了这个南洋华侨青年原本惬意的人生。1939 年 8 月，他响应陈嘉庚先生的号召，加入南侨机工队，担任了从古晋出发的第三批机工队副队长。

那些年，他和队友经历日军飞机的轰炸、崎岖山路的惊险和风餐露宿的艰苦，将外国援助中国的各种抗战物资从缅北运送至国内各地。许多战友牺牲在路上，可以说是“一滴汽油一滴血”。

回忆起当时的情形，老人说：“我们遇到前不着村后不着店的路段时，就只有上树摘果、下塘捕鱼了，不过也会有一些有趣的经历。广东人最看重吃，走到哪里吃到哪里，我在贵州吃过 2 角钱一碗的冰糖雪耳，在四川吃过香香的煲仔菜。”言谈间，充满着饱经沧桑之后的笃定和淡然。

1942 年，为了阻止日军进犯，中国军队将惠通桥炸断，滇缅公路由此中断，南侨机工队被迫解散。因为南洋各国当时被日军占领，这批南侨机工有家难回，而在中国内地又失去了工作，生活陷入困境，甚至有的人沦为街头乞丐。

许海星比较幸运，他被转入援华的美国陆军后勤部当司机。1948 年，在一次战事中，他被机关枪击断了右臂肱骨。当时的医疗条件极其匮乏，尽管他接好了断骨，肱骨却被切去两寸，右臂落下了终身残疾。之后，他在战火纷飞的中国内地，一直过着动荡和困顿的生活，好不容易才在 1950 年回到离别 11 年之久的马来西亚。

南侨机工许海星

■ 延伸

南侨机工对祖国抗日战争的贡献是巨大的。从1939年3月至1942年5月，他们与国内的机工一道，不仅运送10万中国远征军入缅作战，而且抢运45万吨军火，此外还在西南运输线上抢修了上千辆军民用车。同时，南侨机工也付出了很大的牺牲。1942年3月，日军在缅甸仰光登陆，4月底腊戍沦陷，随后日军占领云南腾冲等地，滇缅公路被切断，机工辗转各地，生活十分艰辛。抗战胜利后，当年近3200名南侨机工，约有1000人复员返回南洋，1000人留在国内，而1000多人则为国捐躯。

为了永久纪念南侨机工抗日救国的光辉事迹，1989年5月，即南侨机工回国参战50周年之际，云南省人民政府在昆明滇池之滨竖立一座气势磅礴的南洋华侨机工抗日纪念碑，碑座正面镌刻着“赤子功勋”四个大字。

跨越 50 年的爱情悲剧

“这是我 1939 年的照片，很靓仔吧？我们在战争期间正年轻，不少人经历过刻骨铭心的爱情，不过最后大多没有美满的结局。我自己的爱情故事，也是曲折到可以拍成电影的。”许海星老人平静地说。

那是在 1947 年，他到了东北的四平。邻居有一位 18 岁的满族姑娘叫阿敏，是个电影院售票员。她对这位远方来的小伙子产生了好感，就托人给许海星送来了电影票。快开场的时候，她悄悄坐到了小伙身边。这对年轻人一见倾心，8 个月里最甜蜜的时光就在电影院里度过。

1948 年，许海星不得不离开东北，前往南方。自从手臂受伤后，他就不敢再去找阿敏，他担心自己生计没有着落，姑娘跟着他会受罪。

1977 年——离别 29 年后，在马来西亚的蕉林椰风中生活的许海星，对阿敏的牵挂之情却越来越浓烈。他实在忍不住，就提笔按记忆中的地址给她写信，却因为“查无此人”被退了回来。他不甘心，又再次寄出。终于，一位好心的邮差帮他查到阿敏在长春的地址，这时阿敏已经是一位年近半百的教员了。

阿敏很快回了信，说她在许海星走后等了他足足 6 年。许海星老人又感激又惭愧，想给她寄点东西。阿敏回复说：“我曾经想要的永远也要不到了。我们能够通信，我已经很满足了。”她还在信中祝福许海星“和大嫂永远美满”。那种关切令他百感交集。

许海星告诉我们：“我曾打听过从广东到长春的机票和

火车票价，想去看望她。可当时我有 8 个孩子，一大家子人的生活都要靠我维持，实在不容易。”

他们在 1947 年相识，1948 年离别，1977 年恢复联系，在长春与古晋两地之间借由书信和电话往来了 20 年。1997 年的大年初一，许海星打电话给阿敏拜年。他俩交谈了短短的 3 分钟，最后互道保重。不久后阿敏就去世了。

一段凄美的爱情悲剧就此落幕。许老拿出她的一封封来信，对我们说：“我这些年反复地看，不断地念，有的都已经会背了。”

他给了妻子华人的姓氏

许海星在爱情上既是不幸的，也是幸运的，因为他还收获了一份来自南洋部落的爱。

他从中国回到马来西亚后，因为手臂残疾，家道又中落，只得拿着华人银行家提供的机工安家费，开始走村串乡地卖小商品，糖果、针线、内衣之类的。他的生活很苦，走到哪里吃到哪里，睡到哪里。他经常经过当地部落大雅族的村子，感受到村民的好客和善良。

一来二往，大雅族长的妹妹看中了他。姑娘虽然当时年仅 18 岁，但在族中辈分很高，很受人尊重，却对已经年过 30 的许海星动了情。许海星说：“她就像中国的湘女一样，多情而勇于表达。于是，我成了大雅人的女婿，在离镇子华人街区 68 公里之外的村子里定居下来。我的生活终于稳定下来，慢慢地用受伤的手练出了开车、锄地的本事。1960 年到 1963 年，我还在马来人、华人和大雅人混居的县里当过议员哩。”

他与妻子携手度过40年。女主人十分勤劳，撑起了有8个孩子的家。由于大雅族人是没有姓的，许海星曾经满含深情地对妻子说：“我没有别的东西给你，只能给你华人的姓。”妻子去世后，也葬入了华人的义山（即坟墓）。

“我觉得我的一生是跟着时代走的，所以我心态好、身体好。”许海星老人说，“我前两年在云南电视台和中央电视台都讲过机工经历，可以一口气讲上6小时哩！”他在2014年又去云南参加了南侨机工的纪念活动。

如今，老人爱看中央四台和广东台的电视节目。除了西北一带，大半个中国他都曾经去过。每当从电视中看到昔日曾经造访过的地方，他便觉得十分亲切。

老人有20多个孙辈，一家人聚会时很热闹。他常常向儿孙们讲过去的“威水史”，以及中国的山水是如何美丽等等。他说：“我经常和孩子们一起玩一种问答游戏，都是关于中国的地理知识。比如，江西大余出什么矿产？钨矿。湖南玉屏出什么乐器？箫笛。从广东韶关到江西要过什么关？梅关。”

说到这里，老人一脸自豪地说：“别看我岁数大了，我的头脑就是一部‘电脑’，去过的地方一提名字，就能在脑子里闪过呢！”

机工后代重走父辈路

“我想与父亲一起到他战斗过的、流血流汗的地方去看看，我想走进父亲的内心世界，却再也没有机会了！”在新马两国侨团组织的“重走南侨机工滇缅路”行程中，新加坡实业家苏育平先生心情沉重地说。

他的遗憾，正是南侨机工后代普遍的心态。为中国抗战做出巨大贡献的南侨机工们，后来的境况大致可以分为三种：在战争期间牺牲、病死的约占1/3，幸存下来的机工返回南洋和留在中国的大约各占1/3。

许多幸存者在有了家庭和后代之后，便不愿详谈那段历史。失去战友的悲痛、遭遇轰炸和翻车等危险的经历，以及战后谋生的艰辛，这些回忆像石头一样久久地压在他们心上。特别是那些在特殊年代遭受过冲击的人更加沉默。直到近年来南侨机工的事迹被广泛宣传，他们的子女后代才得以重新认识自己的父亲。

他为义父改姓成为机工代言人

回到南洋或者留在中国的机工，有些常常缅怀那段日子，有些则选择缄默。砂捞越还有一位近百岁的机工李亚留，他就生活在离许海星所住地点不远的伦乐镇。他在1945年日本投降后回到古晋，买了一辆小型巴士做客运。为了纪念在昆明参加抗战的日子，他给巴士命名为“昆明”。

这位老人直到95岁还每天骑着自行车，到3公里外看望女儿。对自己在滇缅公路上战斗的日子，他对女儿和乡亲都很少提及。他告诉南方日报记者："他们不懂那段历史，不会明白我们为什么要去冒这个险，受这个苦。这是只属于我们这一辈的回忆。"

近年来，随着全球华人社会对机工历史的关注，以及中国政府和海外侨团对机工的关怀和照顾，他们的子女后代越来越有兴趣和动力去了解这段岁月。当一些机工年岁渐高，或者去世之后，他们的后辈们主动站出来，成为机工的代言人，例如许海星的外孙黄文明。

2015 年全国两会期间，来自云南的全国政协委员林晓昌带来了两份关于建设南侨机工纪念设施的提案。这位委员与机工群体的关系，源自他的义父。

1983 年，原本叫黄晓昌的他认识了老机工林福来，发现无儿无女的老人每到清明节便闭门不出，不吃不喝。当他询问的时候，老人含泪答道："南侨机工有 1000 多位战友在抗战中牺牲，我是在为他们烧香。"林福来还讲起，自己当年在马来西亚为了参加机工队伍，被未婚妻的父母阻止，于是他毅然解除婚约走上这条路。

黄晓昌听到这些故事，非常敬佩南侨机工的赤子报国精神，他希望以实际行动善待这些为国家做出贡献的老人，于是改了姓当了老人的养子，连他的儿子也姓林，一直照顾到老人故去。

林晓昌从此对机工的历史着迷起来，发起成立了云南省南侨机工回国抗战历史研究会，收集、整理、挖掘南侨机工的事迹。他在抗日战争胜利 60 周年之际曾捐资 350 多万元，在云南畹町建起了南侨机工回国抗日纪念碑。他说："要让机工先人们有一个归宿，也让后人读懂历史，才能发愤图强。"

现在，纪念碑已被授予“中国侨联爱国主义教育基地”称号。

机工历史是最珍贵的“传家宝”

新加坡和马来西亚两国的二战历史研究会以及一些侨团，近年组织了“重走南侨机工滇缅路”活动。参加者之一苏育平先生，就是机工的后代。他的钱包里始终放着父亲的照片。照片上，6个意气风发的青年倚着一辆吉普车，身后飘扬着一面“复员华侨机工联谊会”的旗帜。正中间那位戴着墨镜、风度潇洒的年轻人，就是苏育平先生的父亲——苏凤舞，祖籍广东揭西。

苏育平知道，当年侨领陈嘉庚先生带领南侨机工支援中国抗战时，正是生意兴隆的苏家急需接班人的时候。然而，父亲不顾家人的劝阻，加入了第三批南侨机工队伍。

但关于父亲的这段历史，苏先生总觉得好像谜一样模糊。曾在战火中被子弹射穿右脚的父亲，也曾对他讲过一些经历。可那时年少的他不了解历史背景，引不起共鸣。他受父亲影响最深的是心中那份对中国的特殊情感，对中国文化的热爱，以及献身社会的志向。这对父子曾经在中国许多地方旅游，只是因为种种原因一直没有回过云南。

不料，父亲在前几年却去世了，重返云南的心愿就此落空。了解父亲的过去、了解机工历史的渴求，在苏育平心里变得渐渐沉重起来。于是，他报名重走滇缅公路，踏上了一段父子两代人的心灵之旅。

在此次行程中，苏育平来到了云南畹町，在英雄长廊那密密排布的名录之中找到了父亲的名字；他亲自驾车经过澜沧江、高黎贡山等险峻地段；他还看到了父亲的机工档案，直到这时，他才觉得自己第一次真正走近了父亲心底的最深处。他告诉车队的伙伴：“我为有这样的父亲感到自豪和骄傲。”他一次次向云南的幸存机工及机工遗孀赠送红包，向父亲当年的战友致敬。

在泰国的合艾，苏育平他们还遇到了另一位机工吴明的后人——吴华强先生，他是吴明 5 名子女中最小的儿子。吴华强说：“我年少时不懂事，后来又忙于工作和家庭，一直没有静下心来听他讲。等到我想听的时候，父亲年事已高，很多事情都记不起来，讲不清楚了。”他的语气中难掩遗憾。

吴明去世之后，当地许多华文报纸进行了报道。吴家的兄弟姐妹找出父亲的旧照片以及父亲当年的证书、遗物等，由各兄弟姐妹分别妥善收藏。逢年过节，全家团聚时就拿出来看一看。吴华强说：“这是我们对父亲及南侨机工那段特殊历史的永久缅怀，这是吴家最珍贵的传家宝。”

■ 延伸

1946 年 7 月 7 日，马来西亚槟榔屿建起了一座槟榔屿华侨抗战殉职机工罹难同胞纪念碑，碑上一面刻有“浩气长存”，另一面刻有“忠灵不朽”。1947 年 11 月 30 日，马来亚雪兰莪华侨筹赈会曾在吉隆坡的广东义山亭为殉难机工建立了一座纪念碑。

2015 年 9 月 26 日及 29 日，马来西亚华社分别在吉隆坡和槟城两地举行《南侨颂》交响合唱、独唱及朗诵艺术表演，以纪念抗战胜利 70 周年，歌颂英勇爱国的南侨机工战士。马来西亚全国各地的南侨机工后裔受邀免费观赏。参加《南侨颂》演出的艺术团体不仅有马来西亚本地的，还有来自中国云南省的昆明聂耳交响乐团、云南省文化馆聂耳合唱团等。《南侨颂》演出节目分 8 个乐章呈献，分别是反映日寇入侵的《卢沟桥》，民族呐喊的《海风》《告别南洋》《滇缅公路》《还我河山》，尾声《南侨颂》，以及《梅娘曲》《长城谣》。

陆

侨胞五洲疾呼争取国际对华支援

龙运是日本在东南亚经营的两家规模最大的铁矿公司之一，全矿山有华工2700多人。矿工白珪首先在同事中秘密鼓动抵抗，当地侨校师生也深入到华工中进行宣传。尽管日本资本家千方百计阻挠破坏，还提高了工资待遇，但华工一批一批地离矿，矿山一下子陷入了瘫痪。

1937年出版的图书《广源轮案》、1938年的“一碗饭运动”宣传海报、旅美华侨一致抗日纪念章……一张张泛黄的报纸、一册册老旧的宣传画、一枚枚别致的纪念章在我们面前展开，历史的轮廓和细节渐渐变得清晰起来。

这些都是美国华人收藏协会秘书长招思虹多年来收集的珍贵文物和照片。在美国旧金山屋仑社区，当我们见到她的这些宝贝时，就如同触摸到了当年华侨支援抗战的真实历史。

抗战救华夏，华侨建殊勋。自“九一八”事变伊始，广大华侨为国内团结抗战而呼号奔走，有力推动了抗日民族统一战线的形成，也大大加强了抗日力量。同时，侨胞们在海外大声疾呼，揭露日本侵华暴行，宣传中国抗战，以争取各国及各地区对中国的支持和援助，此外，他们号召抵制日货、罢工罢运，打击日本经济及其在全世界搜刮战略物资的计划。

海外赤子，成为中国抗战取胜的坚强后盾。

美洲侨胞的呼吁有声有势

侨团不仅在侨胞中间组织援助中国抗战，还十分重视利用各种形式来争取国际人士的支持。

卢沟桥事变不久后，美国纽约华侨衣馆联合会发动业界华侨走上街头，散发传单，还把印有各种文字的抗日宣传品夹在洗好的衣服中，让顾客取回去阅读。通过这些途径散发的抗日传单和小册子，共达到10万份以上。

1938年6月，旧金山华侨首先在各个族群中发起“一碗饭运动”。当年见证过“一碗饭运动”盛况的华人欧如江老人告诉记者：“募捐方式就是发售餐券，认购者可以拿着券到指定饭店吃炒饭一碗。发售餐券的所有收入，用以支援抗战。”

当时，每当中国有大战事，华侨们便举行反日大示威，甚至用飞机散发传单。巡游队举着各种标语牌，上面写着情意浓浓的英文标语，如“请帮助中国难民。你们五毫银可买‘一百碗饭’！五毫银可救中国难民的命！”观者皆受感动。

1938 年 7 月 17 日，全美 2000 多个城市同日开展“一碗饭运动”，中西人士踊跃募捐。“一碗饭”援华运动不仅为中国筹得了约 100 万美元的巨款，也起到了国际统战作用。

1941 年 7 月，美国侨领邝炳舜从中国慰劳回去后，走遍美国 26 个州的广大城乡，行程 11,260 多公里，向各地宣传中国的抗战情况，聆听其演说的侨胞达 2.5 万多人。

密歇根州女侨胞简夫人，为了唤起美国人支持中国抗战，典押了自己的一幢两层楼房，把所得和积蓄一部分捐给祖国，一部分用作自己开展宣传的路费。她用两个月的时间，走遍美国中北部 10 余州，在城乡演讲达 50 余次，轰动了美国各界。

华侨历史学者梅伟强说：“舆论是行动的先导。中国全面抗战爆发以后，华侨报刊业也迅猛发展，而且语种繁多，进入一个华侨报刊史上的繁荣时期。据国民政府侨委会的统计，1935 年世界各地有侨报 84 种，1940 年增加到 128 种，到太平洋战争爆发前夕达 135 种。”如美国华侨办的《中国杂志》，详细报道了马占山英勇抗击日军的事迹。该刊当天的发行量从平时的 4000 份增加到 6000 份，到周末增加到 1 万份，使中国军民的抗战事迹在美传播开来。

古巴侨领朱家兆参与工作的《开明公报》、缅甸华侨主办的《新知周报》都为抗战救国做了大量的宣传工作。

广东华侨黄柏旋在旧金山成立了叱咤音乐社，收集抗日歌曲公开演出。他们的歌声还感动了美国著名黑人歌手保罗·罗伯逊，他在美国到处演唱中国抗战歌曲以示声援。

1939 年，华侨唐窦才还在旧金山创办起金星广播电台，每天播音 9 小时，用粤语和英语进行抗日宣传，他夫人担任首席播音员。美国总统杜鲁门、副总统华莱士、史迪威将军、宋美龄女士等曾到该台广播。

南洋华侨开展抵制日货运动

南洋是日本进出口贸易的生命线。日本发动全面侵华战争后，为了争取庞大的战争开支，对南洋贸易量急剧增大。当时南洋的600万华侨中,经商者占一半多,南洋地区和欧美、日本及中国的进出口贸易必须经华侨转手。全面抗战期间，南洋华侨开展的抵制日货运动，给予日本贸易沉重的打击。

当地抵制日货最突出的是马来亚（今新加坡和马来西亚一带）。1938 年 8 月，华人的各商号联合订立契约，誓不贩卖日货，华商们将所存的日货自行标封，订货全数取消，宁可自己蒙受损失，甚至破产也在所不惜。

由于侨团的干预，凡私卖日货的商店都要被处罚，罚金 300—2000 元当地货币，所有罚款拨充救国捐款。爱国华侨青年整日守在街头巷尾和码头，如发现有日货到了，立即调查承购的商店，先给予书面警告，随即到商会去告发。商会即派代表去和该商号交涉，如该商号老板置之不理，其招牌便会被群众涂上黑煤油，无人再去买他的东西。当地著名的华文报纸《星洲日报》，将新加坡贩卖日货的 30 余家侨商的店名刊出，形成社会压力。

当时，曾有一个华侨商人贪图暴利，购买大量日本在我国东北掠夺的黄豆。这批大豆由码头运往客栈时，被华侨改道运至中国救济会拍卖。

经过侨胞的这些抵制行动，买卖日货者日渐减少。以南洋为经济侵略根据地的三菱洋行和三井洋行，在当地先后宣布倒闭。日货在世界市场上损失最大的地区就是马来半岛，约减少 75%。

华工罢工打击日本战时军需

南洋众多的华侨中，工人也占有相当大的比例。他们在日资或有涉日贸易的企业，掀起了大规模罢工浪潮。

日本发动大规模侵略战争需要大量的军事物资，除掠夺东南亚的资源之外，还向国外搜购战略物资。当时，英、美、法、荷等国的垄断资本集团大发战争财，把大批军火及战略物资输送给日本。各地华侨海员无比愤怒，纷纷罢工罢运。如 1937 年 7 月 8 日，日本日清轮船公司 2000 名华侨海员一致罢工。

在日本人开的铁矿中，有许多华工。马来西亚华人文化协会理事刘崇汉，向南方日报记者提供了一些数据：1937 年马来西亚矿务局的报告显示，全马矿工总数为 10 万多人，其中华工占了 80.3%。中日开战不久，南洋日资矿山的华工就发起了声势浩大的离矿罢工事件。

“在这些厂矿工作的华工，每天的工钱不过几角钱而已，挨打受辱是家常便饭。”马来西亚锡矿业大亨胡万铎先生向我们谈起日军的劣行，一脸愤慨。

龙运是日本在东南亚经营的两家规模最大的铁矿公司之一，全矿山有华工 2700 多人。矿工白珪首先在同事中秘密鼓动抵抗，当地侨校师生也深入到华工中进行宣传。尽管日本资本家千方百计阻挠破坏，还提高了工资待遇，但华工一批一批地离矿，矿山一下子陷入了瘫痪。

当龙运铁矿的大批华工离矿抵达新加坡时，当地侨胞几千人举行盛大欢迎会，对罢工的工友致以“民族敬礼”。侨妇陈亚芬劝说在日矿中任职的丈夫黄某离开，但黄某却屡劝不走，于是陈亚芬决然与其离婚。

当时，罢工华工面临着很大的困难，一方面要同日本人的疯狂报复做斗争，另一方面还要解决因失业带来的家庭生活问题。各地侨胞给予华工大力支援，捐赠食品和生活用品。

“由于广大华工的罢工，全马来西亚的日营钢铁生产遭受致命打击。”马来西亚二战历史研究会秘书长陈松青告诉记者：罢工的那一年里，日本每月从马来西亚运走的铁矿石由原来的 12 万吨剧跌到 1.24 万吨，罢工几乎掐断了其所急需的军火原料，沉重打击其军事工业和战时经济。

华侨日夜守码头阻止废铁资敌

在美国和加拿大，华侨制裁日本的主要方式是阻止废铁运日，华侨装卸工人和海员自发掀起了影响较大的“不供给运动”，其中以加州的规模最大，有 55 个侨胞的救亡团体参与，很多当地洋人也加入。

1938 年 12 月 16 日，一艘希腊货船从洛杉矶运载废铁停靠在旧金山 45 号码头，准备继续装运废钢铁回日本。当天上午 10 时，当地华侨闻讯群情激愤，举行声势浩大的抗议游行。在他们声泪俱下的呼吁下，码头工人一致停止工作。华侨还上船开展宣传攻势。船上的华裔船员不但自己罢运，也动员一些希腊船员离船上岸。抗议行动进行了 6 天，5000 多名爱国华侨轮流值班，最终阻止了美国将废钢铁等物资运往日本。

华侨阻运废铁和军需物资运日，风行北美各大城市和港口。广大华侨无论男女老幼，风雨无阻、连续不断进行斗争。有一次，加州华侨发现有货轮驶往日本时，数千人向当地政府请愿，得到加州州长的支持，阻止载有 1.2 万吨废铁的轮船赴日。

在西雅图，载运废铁的日轮“海安丸号”被华侨和当地友人 700 多人阻截，一无所获而去；在洛杉矶，3000 名中国和朝鲜侨民，一连三天冒雨监视两艘企图运废铁赴日的挪威轮船；在华盛顿，有轮船载废铁 500 吨准备赴日，也被侨胞及美国友人阻拦未能成行；在波特兰，华侨监视装有 7500 吨废铁的希腊轮赴日，长达 13 昼夜。在中国难民救济协会对美国总统罗斯福等政要的请求下，当局最终对日禁运废钢铁。

在温哥华，华侨抗日救国会组织了“禁运军械赴日周”活动，8000 名华侨和国际友人在给加拿大政府的禁运军械赴日的请愿书上签名。

华侨的爱国行动，使日本制造军火的原料来源大大减少，削弱了日本侵略者的军事力量，间接地支援、配合了祖国的抗战。

■ 见证

85 岁华人回忆“一碗饭运动”盛况：“游行时高唱《义勇军进行曲》”

“抗日战争胜利消息传来的那一天，整个中国城都沸腾了。”2015 年 6 月中旬，在旧金山，85 岁的二战华裔老兵欧如江，操着一口亲切的粤语，向来访的南方日报记者回忆他最难忘的经历。

欧如江一家原籍是广东的南海西樵，父亲在美国旧金山从事邮政工作。1937 年日军开始轰炸广州，他与婶婶及表弟四处逃难，从澳门、香港，最后漂过太平洋。经过天使岛移民羁留营的关押后，他终于与父亲团圆。

当年还是小小少年的他，每天下午 6 时放学后，都会和同学到唐人街参加援华的游行。他说：“进去的人都要用 5 毛钱买一个牌仔别在衣襟上，当时也有很多外国人来参加。街上被挤得水泄不通。”“游行的口号我还记得，是用粤语喊‘打倒日本仔’，还高唱《义勇军进行曲》呢。”欧如江告诉记者，游行队伍分前后左右用手拉开巨幅的中国国旗，齐声高呼捐款救国，路人纷纷把钱投在张开的大国旗上面。除了游行，街上还有各式各样的舞龙舞狮、花车乐队、表演唱戏等，洋人们响应的也不少。

欧如江记得，蔡廷锴将军、宋美龄女士来旧金山演讲，宣传中国抗战，当地华人们都去听。抗日战争胜利消息传来的那一天，整个中国城都沸腾了，整条街的人都在跳舞。欧如江也买了一大包花生分给士兵们。欢庆活动整整进行了 3 天。

1939 年，武汉合唱团在新加坡宣传抗日演出纪念合影

■ 延伸

1938 年 12 月，由音乐家夏之秋率领的武汉合唱团去马来西亚各地义演，为祖国募集救灾等款项，陈嘉庚以南侨总会的名义，给予多方面的支持和帮助。早在七七事变后，夏之秋就在汉口和武昌组织起两支歌咏队，进行抗日宣传活动。这便是武汉合唱团的前身。1938 年，随着战局的变化，武汉也危在旦夕。夏之秋与队员们几经商议，决定赴南洋一带去宣传抗日，争取华侨对祖国抗战的支持。在此背景下，武汉合唱团正式成立了。

1938 年 12 月中旬，武汉合唱团来到了新加坡。夏之秋拜见了陈嘉庚，受到热情接待，陈嘉庚先生表示将大力支持合唱团的活动。为此，他委派了筹赈会的两位秘书潘国渠和黄奕欢照料合唱团的生活和演出。在筹赈会的安排下，合唱团的工作顺利开展起来。

马来西亚华侨对于合唱团的募捐演出，反应非常热烈。无论是在繁华的都市，还是在偏僻的渔港，每当演出完毕，观众捐款都十分踊跃。仅在马来西亚巡演的第一站柔佛，合唱团就募得 40 万元。在麻坡的一次义卖演出中，一个花篮曾卖得 20 多万元。该团于 1939 年 7 月 7 日在吉隆坡演出爱国话剧《逃难到雪兰莪》时，侨胞大受感动，当场捐款共 27,300 余元。

在马来亚各地的巡演，都由当地华侨工商界知名人士带头认捐，演出时以捐款最多的一人之姓名命名为“某某先生之夜”或“某某女士之夜”。

合唱团在演出的一年多时间里，募到捐款叻币 200 多万元，折合当时国币近 2000 万元。

《美洲华侨日报》——第一家报道“皖南事变”的境外华文报纸

在美国宣传抗日影响最大的华文报纸，是创刊于1940年的《美洲华侨日报》，该报是第一家报道“皖南事变”的境外华文报纸。

该报创始人唐明照是原籍江门的华侨。在纽约华侨衣联会任英文干事的唐明照，在抗战初期就以《先锋》周报（1934年改称《先锋报》）为基地，不断著文抨击日本侵华罪行，号召华侨声援祖国抗战。1940年7月7日，他同梅参天、冀贡泉、徐永英及纽约华侨衣联会负责人等创办《美洲华侨日报》，并任报社首任社长。

《美洲华侨日报》选在七七事变纪念日创刊，意在提醒全体华侨勿忘国耻。该报每天发行对开8版，不仅在纽约发行，还发行到美国西海岸、加拿大及南美洲。

1941年“皖南事变”后，该报率先披露事实真相，并与司徒美堂的《纽约公报》、旧金山的《世界日报》等报刊联合发表《十报宣言》，强烈表达了广大侨胞要求团结抗日的心声，在整个美洲产生很大的震动。

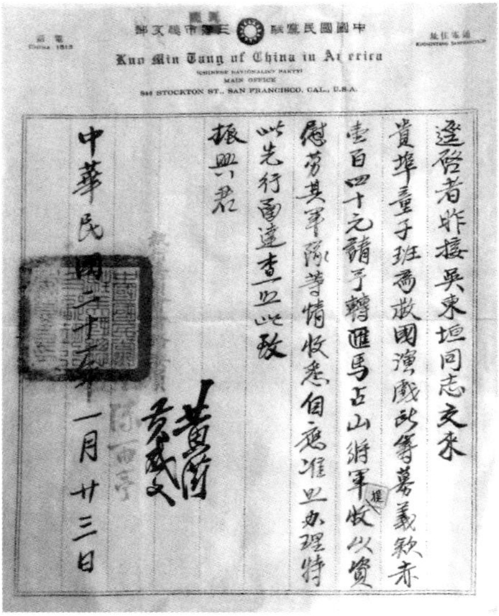

美洲 中國國民黨駐三藩市總支部

Kuo Min Tang of China in America

(Chinese Nationalist Party)

Main Office

844 Stockton St., San Francisco, Cal., U.S.A.

逕啓者昨接吳東垣同志來

貴埠童子班為救國演戲所籌募義款壹百四十元請予轉匯馬占山將軍收以資慰勞其軍隊等情收悉自應准照辦理特此先行函達查照此致

振興君

中華民國二十一年一月廿三日

1932 年 1 月 23 日，旧金山童子班为马占山将军筹款举行义演的信函

■ 延伸

捐资助战，赈济伤兵难民，是美国华侨支持祖国抗战的主要方式。美国华侨抗日社团在领导华侨抗日救国的运动中开展了大量的组织动员工作，美国华侨为祖国抗战捐款成绩的取得与华侨团体对其成员的组织动员工作分不开。

在组织和动员华侨捐资的团体中，旅美救总的成绩显著。1939 年 9 月 26 日，国民政府致电旅美救总，要求紧急捐助一批棉衣和 100 万美元，该会仅用一个月的时间就筹足款项汇回国内。至 1941 年止，该会救亡的捐款已达 1500 万美元之多。

“爱国诗人”廖公圃：
因宣传抗日获刑　狱中明志赋好诗

“长夜潇潇雨未收，恨无清唱过中秋。盘餐虽饱未知味，何日弹冠慰楚囚。”这首诗是潮籍的泰国爱国华侨廖公圃在狱中所写。因抗日，他被判终身监禁。在狱中的他，写下了不少爱国诗篇，被泰国华人华侨称为“爱国诗人”。日本投降后，他才被释放出来，于1980年辞世，享年88岁。

在廖公圃逝世35周年之际，南方日报记者来到泰国曼谷，82岁的廖公圃之子廖锡麟讲述了父辈的故事。

因宣传抗日被判终身监禁

1892年，廖公圃出生在泰国，年幼时曾回潮汕读书，15岁开始就协助其父经商。卢沟桥事变发生后，廖公圃与其他爱国侨领一起，发起侨胞的救国行动。

“父亲当时出任了全国劝募公债暹罗分会副会长，倡导捐款捐物、输财救国，劝募成绩斐然。”廖锡麟介绍，为了宣传抗日，廖公圃还与蚁光炎、陈景川等侨领，一起创办了《中国报》和《中原报》，还发动过抵制日货运动。

他的抗日行为引起了日伪的注意。1939年，蚁光炎惨遭日伪暗杀后，廖公圃到处逃亡躲避日伪的追捕，结果还是没能逃脱魔爪。1941年，廖公圃和患难诸友13人被日军逮捕。

“当时我只有6岁。而在此之前，父亲已得到风声，把我们一家人安置在马来西亚槟城。母亲获知父亲被抓的消息后，只身跑回泰国想营救父亲，把我留在了槟城。”据廖锡麟回忆，审判廖公圃在泰国引起轰动，最终，当局判他终身监禁。

狱中洁身自好赋诗明志

狱中，日军副司令威逼利诱，想让廖公圃为所谓的“大东亚共荣圈”贡献力量，但他不为所动。

“在监狱里的这段时间，父亲一直洁身自好，赋诗明志。”廖锡麟说。廖公圃在监狱中度过了近4年，直到1945年8月日本投降才重获自由。

抗战胜利后，因在海外为抗日救国做出了贡献，廖公圃被推选为当时的中国国大代表。与会期间，廖公圃将在狱中所写的《闻雀语》《萍根》给于右任先生看，于老立马挥墨题诗相赠以作纪念，并题注“公圃兄狱中所作诗，余甚爱之，为爱国之诗”。

廖家墙上还悬挂着徐悲鸿的一幅画作《松》，这也是与抗日有关。原来，当年廖公圃在槟城安置家人的时候，徐悲鸿正在南洋一带卖画筹款抗日，廖公圃旋即前去买下这幅画捐款。

廖锡麟说，中泰建交后，邓小平、邓颖超等领导人访问泰国时，廖公圃均受到接见，还多次受邀访华。

柒

烽火侨批写就“中国心”

抗战期间，侨批局也积极开展抗日宣传，有的在侨批信笺上印上“抗敌歌”，以及抗日名将蔡廷锴的照片和“救国英雄”四字，有的盖上“实用国货，誓雪国仇”的宣传标语。在汕头侨批文物馆，印着“同仇敌忾”“复兴民族”的批信比比皆是。

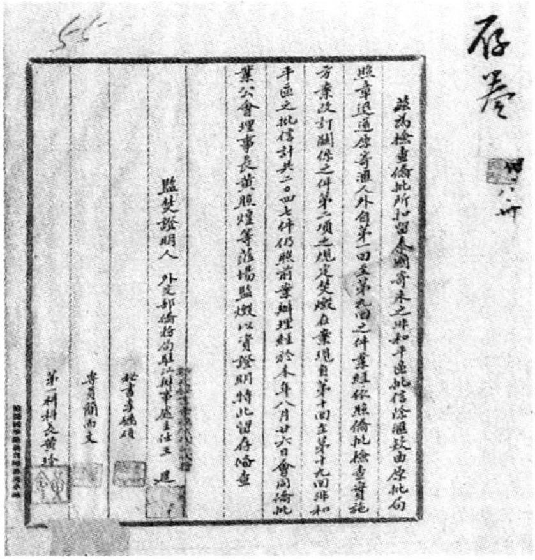
存卷

茲為檢查僑批所扣留各國寄來之非和平區批信除退經由原批局
照章退還原寄通人外自第一回至第九回之件業經依照僑批檢查實施
方案改訂關係之件第二項之規定焚燬在案現自第十回至第十九回非和
平區之批信計共二〇四七件仍照前案辦理經於本年八月廿六日會同僑批
業公會理事長黃照煌等蒞場監燬以資證明特此留存備查

監焚證明人 外交部僑務局駐汕辦事處主任王 建

侨务委员会驻汕办事处监毁非和平区批信 2047 件

■ 延伸

华侨对抗日战争的突出贡献在于经济支援，这是现有华侨史研究取得的共识。据统计，抗战期间，海外侨胞汇款 95 亿元，捐款 13 亿余元，认购公债 11 亿元（包括救国公债、金公债及节约储蓄立券等，占国民政府战时发行公债总额的 1/3），捐献的飞机、汽车、药品、衣物及其他物资难以统计。其中，侨汇与中国抗战经济的关系尤为密切。陈嘉庚曾说，“华侨与祖国抗战经济之关系，最为密切，吾人不可不知。”整个抗日战争期间，侨汇作为中国外汇收入的主要来源，弥补了国际贸易逆差和庞大的财政赤字，补充了军费消耗并维持了法币汇价。投资性侨汇虽与赡家性侨汇相比数额较小，但是仍然促进了抗战大后方经济的发展。因此，华侨汇款在战时经济中具有举足轻重的地位。

2015 年 7 月 25 日，70 多岁的新加坡籍华人林伯专门带侄女远道寻根，到汕头侨批文物馆参观。而在万里之外的纽约，美国华人博物馆里，70 多年前侨胞所写的侨批静静躺在展柜中，向观众展现一段烽火家书书写华侨“中国心”的故事。

侨批，是海外华侨通过海内外民间机构汇寄至国内的银信合一凭证，其有关档案被联合国教科文组织列入《世界记忆名录》。抗战期间，海外侨胞捐献的款项，几乎都是通过侨批局或银行寄至国内，抗战侨批也成为侨胞和家乡人民团结一心抵抗外侮的集体记忆。

血泪控诉成侵华铁证

1946 年，旅居马来西亚雪兰莪的华侨接到家乡族老来信，信中控诉了家乡在沦陷时所遭受的欺凌，于是抄录下来向华侨总会报告。

“自我祖国抗战以来及至和平后，本乡变迁颓落，流离失散惨淡，旅居海外乡侨闻之极为关怀梓里，侨众非常浩叹矣！”来函用朴实的笔调描述了侵略者带来的乡邻死亡、乡村破产、宗祠被毁、治安崩溃现象：“我乡死亡众多，现在住乡男女仅存 230 余人”；“围墙多已毁坏，去年山顶处宅倒塌，堤上铺间拆存无几，乡内房屋，不计新旧，拆卖楼枋、楹、柱，以图一饱者；尽之，拆卖瓦角、砖墙，亦望缓死，亦不乏人”；“大宗祠正厅及走廊并新祠全座，被日军烧焚情景，言不（胜）痛心”。

战火纷飞，局势危殆，海外侨胞无不忧心忡忡，寝食难安。侨胞元松在信中告知家人：“潮汕军事紧张，铁路破坏至庵埠，日人迟早必然进攻汕头影响各物飞涨。”

1938 年 7 月，时南澳已被日军占领，侨胞陈嘉成心急如焚：“近闻我澄之南澳岛被敌人登陆，潮汕定必紧张，可知敌人不死，人心惶惶，此男之所以引为深忧也。”

潮安东凤是日本侵略潮汕的重灾区，邮路被截断，因此海外寄回家乡的侨批要先转寄他乡。汕头侨批文物馆收藏着 1939 年东凤乡侨胞陈集轩寄给父母的批信：“汕头沦陷后，儿日日夜夜无不一日忧虑……儿时常写信从各处问亲戚，唐山家乡如何？有人说东凤乡已破矣……使儿闻后日不能思食，也不能思眠，肚内如刀割。想大人及嫂等则咽喉结哽，无心做人。”

侨胞、侨眷血泪控诉的信件往来，现今已成为日寇侵华铁证。如泰国侨胞林圣源于 1937 年 10 月 31 日寄给澄海南砂乡林松炎侄儿的侨批中，就写到当时日寇以 18 万兵力之众，在飞机、大炮、坦克车的掩护下轰炸上海，“眼下闸北一带，悉遭敌人焚烧，仅存的一片焦土而已”。

抗战捐款的重要渠道

“眼下海外同胞不顾一切艰难，惟有救国之行，难免弃家捐款，无不为是。除先捐之外，仍要继续行为。有工做者，按月日入息捐去为饷。还有决语‘国家兴亡，匹夫有责’‘万心一德，誓杀日奴’‘教子及孙，永不用日货，不食劣货’，都此壮语，其爱国之心足胜于国内人多矣，而还能减衣节食，务要积款救国为先，其对妻子必无余力理也。”这是 1932 年，一位身在美国的五邑华侨寄给兄长的侨批，其对祖国抗战的无私支持和对日本侵略者的痛恨表露无遗。

国难当头，海外侨胞同仇敌忾，纷纷以实际行动援助祖国。这些汇款和捐款都是通过侨批或者银行汇入国内的。据中国银行统计，1937 年厦门侨批件数 44,017 封，解款金额为 92 万元；1938 年侨批件数 11 万封，解款金额为 647 万元。而这只是其中一部分而已。

从抗战开始至 1939 年，泰国华侨捐献给祖国的捐款就达 600 余万元。在越南，侨胞黄伟卿、陈星阁等，从 1931 年起汇款 2600 大洋，慰问东北马占山抗日部队和在上海浴血奋战的十九路军将士。

侨批对侨乡及乡亲的支持也是有着重大影响。据 1941 年出版的《梅县概况》和《梅县要览》，侨乡在抗战前后，70% 以上侨眷靠华侨汇款接济，1940 年达 7000 多万元。

抗战期间，侨批局也积极开展抗日宣传，有的在侨批信笺上印上“抗敌歌”，以及抗日名将蔡廷锴的照片和“救国英雄”四字，有的盖上“实用国货，誓雪国仇”的宣传标语。在汕头市侨批文物馆，印着“同仇敌忾”“复兴民族”的批信比比皆是。

1937 年 7 月 30 日，身在澳大利亚的台山籍华侨邝修录在一封批信中，讲述了澳大利亚华侨在得知华北抗战捷报后大放鞭炮庆贺一事，生动表现了华侨对胜利的期盼。

冒死开辟侨批新邮路

在最危险的时候，海外侨批仍源源不断而来。汕头侨批文物馆有关负责人林敬希介绍，潮汕沦陷后，部分地区

■ 延伸

1938 年 5 月厦门沦陷，福建沿海遭日军袭扰，侨汇业务多数陷于停顿。陈嘉庚在《南侨回忆录》中评述此事，“南洋侨胞逐月内汇寄家之款，总计不下千余万，间接增厚国家经济力至大。数月前敌陷厦门，波及潮汕、闽粤海疆受制益甚”。1939 年 6 月，日军一度在泉州近海登陆骚扰，泉州四周公路均已遭到破坏，交通不便、形势紧张。1944 年 7 月，日军在广东各地发动攻势，西江一带局势紧张，中国银行在台山、新昌、赤坎、金岗等地的分支行局不得不撤退，使四邑侨汇不得已而暂告停顿。

1944 年底广东大部分地区沦陷，后方与四邑的陆上交通完全阻隔，致使所有侨汇委托书、有关账册及电台机件都无法运往四邑，侨汇完全陷入绝境。直到 1945 年 5 月，中国银行才派员搭乘航空委员会军用飞机，将侨汇委托书、钞券、账册、电台机件运到长汀再辗转运到广东四邑，四邑地区的侨汇在停止了近一年后才勉强恢复。

侨批业受到影响，至太平洋战争爆发，越南、泰国、马来西亚、印尼等地的所有侨批几被断绝，侨乡人民生活更加艰难。

据有关方面统计，1934 年汕头市各侨批局月均收转侨批 18.37 万件，而 1941 年全年从海外各地收转的侨批仅 1.4 万件，不及 1934 年月均量的 1/10。

林敬希告诉南方日报记者，在潮汕沦陷初期，原有的侨批邮路阻塞，海外潮侨所寄侨批，必须通过一些秘密小道辗转递送，但侨批局外勤人员携带侨批款长途跋涉，往往险象环生。时任汕头市侨批同业公会主席的万兴昌和批局经理许自让，为了保障递送侨批款的安全，组织了四五十人的护批队伍，荷枪实弹地押解侨批款。

随着泰国、汕头两地都沦陷，侨批业更加艰难了。根据汕头侨批文物馆提供的研究成果，泰国潮帮银信界当时开辟了 4 条秘密通道。其中最曲折的一条邮路是，从曼谷往东北部经四个府，渡过湄公河经老挝，再绕过山岭至越南宜昌市，乘车 100 余公里至河内；在河内所设的兑换银币市场将所带金条换成国币，再续程 60 余里至海防，乘船两夜到达芒街，进入中国的广西东兴市，将国币交给中国境内联号。境内第二程邮路，从东兴经韶关等直达兴宁，再转潮汕地区。

这一条条邮路，凝结了侨批业的心血，也联结了海内外乡亲与抗战中的中国。

陈植芳

延伸

“但望佢专心学习，将来得以成功回国最大用之事业也。因我国飞机人才缺乏，故日贼欺我太甚之。故如欲与日贼决一死战，救国除飞机不能成功也。”

——1931 年 12 月，开平华侨关崇初写信给哥哥关崇瑶，谈他出资支持儿子阿炯在美国学习航空一事。

“无论男女，团结抵制日货，不可贪平买日本仔货。不但中国抵制，各国联同抵制，现在美国华人，热心抵制日本仔货，男女捐助银寄返中国做军饷，又另外买药寄返，医疗伤兵，及做衣服救济难民。”

——1937 年 11 月，美国华侨汤德名写信给在台山的儿子汤景遇。

日军铁蹄下辟出“东兴汇路”

全程3000多公里，连接东南亚各国及国内多个地区

2013年4月，“中国侨批·世界记忆工程国际研讨会”在北京人民大会堂召开。来自广东汕头的陈胜生老人，在会上念了关于其父陈植芳先生拓辟“东兴汇路”的论文。

2015年6月，他在接受南方日报记者采访时说：“抗日战争期间，海外寄回的侨批成为抗日救国的主要经济来源之一。而这条‘生命线’不断遭到日军的破坏。侨胞们凭着智慧与勇气，成功地开辟了特殊环境下的特殊邮路。其中最具代表性的就是‘东兴汇路’，而陈植芳正是主要开拓者之一。”

特殊时期生命线

陈胜生，1945年出生。父亲给他取名“胜生”，就是为了纪念抗战胜利。

受父亲影响，陈胜生多年致力于侨批研究。1941年，日本发动太平洋战争，依托海运运营的东南亚至潮汕的侨批业被迫中断。

一筹莫展之时，旅居越南、柬埔寨的侨批从业者陈植芳等人成功开辟出了一条新的侨批汇路——东兴汇路。

据陈胜生考证：该汇路全程达3000多公里，连接了东南亚各国及国内多个地区。国外的侨批主要通过曼谷线、西

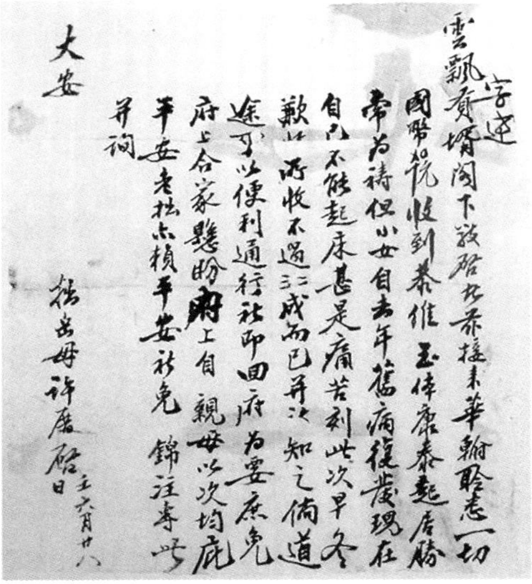

雲飄賢壻閣下敬啟者茲接來華翰聆悉一切 字達
國幣[illegible]收到恭維 玉体康泰起居勝
常為禱但小女自去年舊病復發現在
自己不能起床甚是痛苦刻此次早冬
歉收[illegible]收不過三成而已并此 知之倘道
途可以便利通行祈即回府為要庶免
府上合家懸盼 府上自 親母以次均庇
平安老拙亦頗平安祈免 錦注專此
并詢
大安
拙岳母許[illegible]啟 [illegible]六月廿八日

通过“东兴汇路”递送的侨批

■ 延伸

尽管抗战时期吸收侨汇的环境十分艰险，但在侨胞与政府的配合及努力下，侨汇工作取得了十分显著的成效。整个抗战期间，侨汇数额超过 95 亿元。其中，从 1937 年到 1941 年侨汇数额逐渐增多，1941 年侨汇多达 18 亿元，这一阶段被称为“侨汇的发达时期”。太平洋战争爆发后，因香港和广州、厦门、汕头、福州等沿海城市的转汇枢纽陷入敌手，而欧洲和南洋地区也被攻陷，华侨生活受到影响，侨汇流通业发生阻滞，因而数量骤减。但美洲华侨仍继续汇款，美洲华侨在抗战期间总收入为 25 亿多美元，侨汇总额为 5.9 亿多美元，约占其总收入的 1/4。

（贡）堤（岸）线、金边线、老挝线集结，之后由侨批业者带到越南，最后偷渡越境抵达东兴。

侨批抵达东兴后，有两条线路可供选择：一是直接通过东兴的邮局、银行进行汇寄；二是由侨批局派出批工带批翻山越岭到达兴宁，揭阳批局派批工到兴宁领取侨批后，秘密分发到潮汕各地以及邻省福建。

铁蹄之下送侨批

“东兴汇路”的开辟并非一帆风顺。

这得从1937年陈植芳移民到越南投靠姐姐和姐夫说起。彼时，陈植芳帮姐姐和姐夫一起打理一家名为“和祥庄”的渔网店。其间，陈植芳结识了许多潮籍侨胞，还为他们代写侨批，并通过采购渔网的店员乘船带回汕头分发，“和祥庄”由此开启了侨批业务。

太平洋战争爆发，中国沿海海路被日军封锁，海上侨批线路中断。

“父亲当时想，只有摒弃原有的海路运输方式，寻找新的陆路汇路，才能确保侨批运输的延续性和安全性。”陈胜生记得，父亲和他说过，那是1942年元旦，他单枪匹马偷渡，从越南闯到广西东兴。

一天，陈植芳与东兴本地人黄小姐谈及他近几次探索新汇路的失败经历。在黄小姐的引见下，他从东兴的银行、邮局试汇出两笔汇款。出乎意料的是，半个月后，陈植芳在越南竟收到了来自家乡的回批。

于是，“东兴汇路”由此迅速发展。但日军宪兵司令部

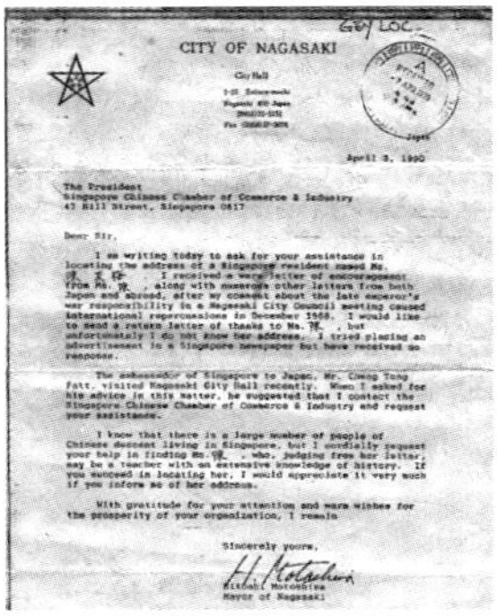

CITY OF NAGASAKI

City Hall

April 3, 1990

The President
Singapore Chinese Chamber of Commerce & Industry
47 Hill Street, Singapore 0617

Dear Sir,

I am writing today to ask for your assistance in locating the address of a Singapore resident named Ms. 陈[illegible]. I received a warm letter of encouragement from Ms. 陈, along with numerous other letters from both Japan and abroad, after my comment about the late emperor's war responsibility in a Nagasaki City Council meeting caused international repercussions in December 1988. I would like to send a return letter of thanks to Ms. 陈, but unfortunately I do not know her address. I tried placing an advertisement in a Singapore newspaper but have received no response.

The ambassador of Singapore to Japan, Mr. Cheng Tong Fatt, visited Nagasaki City Hall recently. When I asked for his advice in this matter, he suggested that I contact the Singapore Chinese Chamber of Commerce & Industry and request your assistance.

I know that there is a large number of people of Chinese descent living in Singapore, but I cordially request your help in finding Ms. 陈, who, judging from her letter, may be a teacher with an extensive knowledge of history. If you succeed in locating her, I would appreciate it very much if you inform me of her address.

With gratitude for your attention and warm wishes for the prosperity of your organization, I remain

Sincerely yours,

H. Motoshima

Hitoshi Motoshima
Mayor of Nagasaki

日本长崎市市长本岛先生致新加坡中华总商会函

■ 延伸

日伪政权为了战争的需要，亦极力与国民政府争夺侨汇资源。日伪争夺侨汇，“其目的首先是为了掠夺外汇，其次还欲借此推行日伪军用券或中储券等伪币的流通，从而破坏国民政府的金融政策和法币信用”。1940 年春日军占领汕头后，随即在当地组织伪民信局公会，强迫沦陷区的民信局参加，并制定所谓“汕头侨批业公会会章”16 条，即“以台湾银行及横滨正金银行结成为侨批业者之指导机关，对于侨批公会业务之运用极力予以监督，亦常受政务部所制定之指导机关之指导而行动”，企图全面控制侨汇。

在海外，为了夺取侨汇、削弱中国的抗战力量，日军不仅对华侨采取软硬兼施的方式，还唆使日伪奸细假冒或伪组各种团体，如伪辛亥革命同志会、伪五洲洪门华侨联合会、伪侨务委员会、伪惠潮嘉三属同乡会等组织，煽惑海外华侨，将汇款交由敌伪银行汇返。1941 年 3 月至 6 月由日伪控制之海口邮局沦陷区的侨汇计有国币 2,957,592.33 元，其中汇返广州为 1,677,666.21 元，汇返海口为 1,279,926.12 元。

数月后就开始察觉，陈植芳成了日军的通缉要犯。在之后 3 年多的时间里，陈植芳乔装打扮、改名换姓，穿梭于柬埔寨、越南和中国之间送批，其艰险程度可想而知。直到日本宣布无条件投降，“东兴汇路”才完成了它的历史使命。

写信给日本长崎市市长谴责日军暴行

1990 年，在抗日战争结束 45 年以后，新加坡中华总商会收到了日本长崎市市长本岛先生的一封来信，信中提到想通过总商会在新加坡寻找一位名为陈友梅的女士。

陈胜生解密，信件中提到的“陈友梅”，其实是陈植芳在一封写给本岛市长的信中所用的笔名。

1988 年 12 月，《参考消息》报道了日本长崎市市长有关日本天皇裕仁“在第二次世界大战中是负有责任的”的演讲。远在汕头的陈植芳读了这则新闻，连夜写了一封信给本岛先生。

信中，陈植芳罗列了日本侵略者对我国和东南亚的卑劣侵略兽行，强烈谴责了日本天皇裕仁发动侵略战争，表示支持本岛先生的观点。

但由于当时国内的政治原因，陈植芳只以“陈友梅”的笔名落了款。信件最后由新加坡友人黄锡人转寄到日本。本岛市长在接到声援信后，几度在新加坡报章刊登寻人启事，终未有果。

1990 年 3 月，新加坡驻日本大使郑东发提议通过新加坡中华总商会寻找“陈友梅”。陈植芳最终得悉本岛市长的寻谢信。

侨胞捐资助抗战　恩来回批赞义举

这是一封尘封了 60 多年的回批，信中笔迹清楚，印鉴明晰，红色的条形格和黑色的字迹相互映衬，落款处分明写着周恩来、叶剑英、潘汉年、廖承志，收信者则为澄海信宁旅泰青年侨领苏君谦和他的同乡挚友郭子纲、黄奕等三人。回批的内容，是褒扬他们毅然合作捐资国币 200 元，作为延安抗大（抗日军政大学）的办学经费。2005 年，澄海革命老区信宁村的简史编委会编纂村史时发现了它。

南方日报记者采访了曾对该回批做过深入研究的汕头市潮汕历史文化研究中心学术委员会顾问陈训先先生。

旅泰华侨捐资支持抗战

该回批写于 1938 年 9 月 21 日，是八路军驻武汉办事处代表周恩来、叶剑英和驻粤办事处代表潘汉年、廖承志，写给旅泰侨胞苏君谦、郭子纲、黄奕三人的。

信中，周恩来等表示，已收到苏君谦等合作捐资支援延安抗大的国币 200 元，对他们的“爱国热忱”和义举“殊堪钦敬”，并“盼望”他们于泰国“鼓励彼方青年前来（延安）学习抗日知识”。

但奇怪的是，这封回批的“批封”上写的第一收信人并非上述三位旅泰侨胞，而是一位名叫詹欧波的澄海人。

“后来，我听詹欧波的儿子詹家镇先生说，原‘回批’

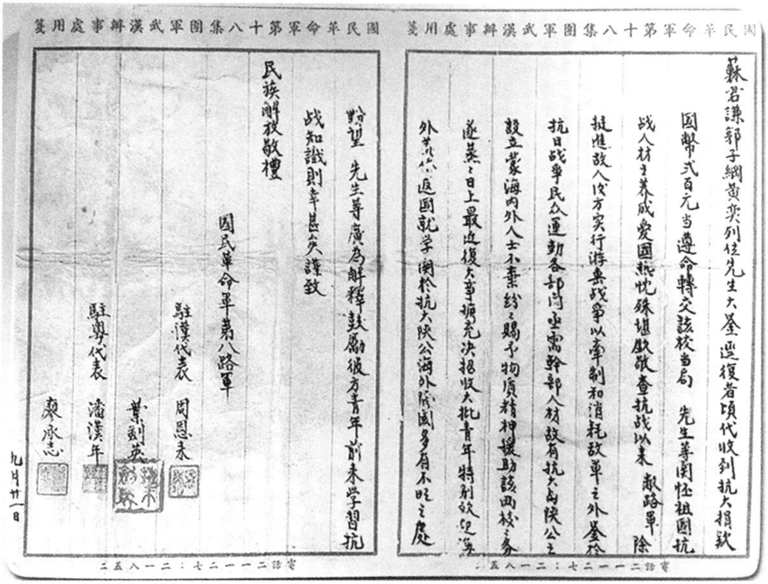
國民革命軍第十八集團軍武漢辦事處用箋

蘇君謙郭子綱黄奕列位先生大鑒 逕復者頃代收到抗大捐款
國幣弍百元 当遵命轉交該校当局 先生等關怀祖國抗
战人材之养成 愛國熱忱 殊堪欽敬 查抗战以来 敝路軍除
挺進敌人後方实行游击战争以牵制和消耗敌軍之外 並於
抗日战爭民众運動各部門亟需幹部人材 故有抗大与陝公之
設立 蒙海內外人士不棄 紛紛賜予物質精神援助 該兩校校務
遂蒸蒸日上 最近復大事擴充 決招收大批青年 特別歡迎海
外華僑返國就学 關於抗大陝公 海外僑胞多有不明之處

國民革命軍第十八集團軍武漢辦事處用箋

盼望 先生等廣為解釋 鼓勵僑方青年前来学習抗
战知識 則幸甚矣 謹致
民族解放敬禮
國民革命軍第八路軍
駐漢代表 周恩来
葉劍英
駐粵代表 潘漢年
廖承志
九月廿一日

周恩来等人的回批

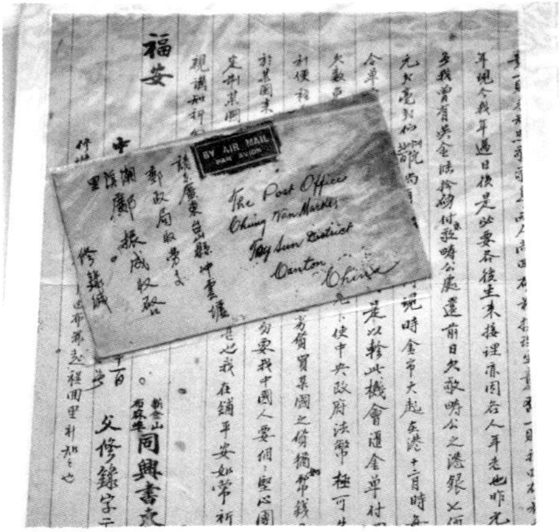

1936 年 2 月侨胞修录写给家乡女儿的侨批

■ 延伸

外汇基金直接影响着纸币的发行。由于大量的华侨汇款作为纸币基金，银行才能增发纸币，弥补了财政赤字而又不致过于通货膨胀。据陈嘉庚《南侨回忆录》记，“抗战第四年（1940年）春，据何应钦部长在国民参政会上报告，去年全年战费共开出一十八万万元，而同年海外华侨汇归国币十一万万元，义捐交政府约十分之一，余为私人寄家用者，从中南洋约占十分之七有奇，余为美洲等他处。按华侨外汇之款，概是现金，照世界银行发行纸币公例，有基金一元即可发出纸币四元，其信用便可称稳固。政府如以十一万万元现金，存中外银行作纸币基金，便可发出纸币四十四万万元，除十万万元交还侨眷家费，尚可存三十四万万元，除抵补是年战费十八万万元以外，尚有十六万万元也”。

里面还有一‘批封’，上面写着‘广东省澄海县信宁乡晨光小学詹欧波先生收转’，落款为‘国民革命军第十八集团军武汉办事处缄’。‘文革’期间，‘回批’被诬蔑为‘反革命文件’而被扣留，后几经据理力争才得以收回，收回时‘批封’却已失落。”陈训先说。

陈训先查阅《信宁简史》发现，批封中提到的詹欧波是苏君谦、郭子纲、黄奕的同乡挚友。1924 年，詹欧波和苏、郭、黄等进步青年在家乡成立读书会“郁联社”，接着又一起创办了晨光小学。

后来，苏君谦等到泰国谋生，詹欧波则继续留校任教。1938 年潮汕地下党派陈培志到晨光小学发展党组织，成立党支部；青抗会陈维勤（建阳村人）等领导也经常到校发动抗日宣传工作。苏君谦在泰国听到这些消息后十分高兴，他们三人联手捐资国币 200 元，获周恩来等为他们所写的回批。

以“口批”的特殊方式寄达

在那个动荡不安的年代，回批中所提到的国币 200 元，是如何被安全地由泰国送达广东澄海的？

陈训先通过澄海建阳村增顺批局后人，发现这笔钱是通过一种被称为“口批”的特殊方式寄达的。

原来，增顺批局为了应对日军实行的封禁政策，发明了一种被称为“口批”的汇款方式。顾名思义，“口批”即为口头上进行的“侨批”，汇款人到批局“口头”说定汇款金额及收款人信息，交款后由批局执事直接在泰国面授“批脚”，“批脚”的任务是强记所带批款的数目和收批人的名字地址。到达国内之后，再到对汇的“银庄”，用代号与密码“口头”支取现金，然后把钱送达收批人手中。

“在整个汇款过程中，‘批脚’面临着生命危险，因为自己的身份一旦被日军识破，极有可能被杀害。”陈训先说。

“口批”作为特殊时期国外向国内汇款的一种“桥梁”，是海外侨胞支持国内抗日的一种典型代表。尽管它在历史上一瞬即逝，意义却十分重大。

捌

侨领力行唤醒中华民族精神

许多与司徒美堂接触过的人，都被他的民族气节所折服。1941 年冬天，司徒美堂从美国返回中国，经过香港时刚好遭遇太平洋战争。日本欲拉拢其出面组织香港帮会，逼迫其担任维持会长。他坚决拒绝，并趁日军的疏忽化装逃走。其间，他以 75 岁的年老之躯，扶杖步行 100 多公里，脱险抵达粤东游击区，然后绕行曲江、桂林，到达重庆。

美洲侨界领导人司徒美堂（左三）1941 年受聘为国民参政员。1942 年春，他自香港脱险后来到重庆，受到周恩来、董必武、邓颖超的热情欢迎。图为司徒美堂和周恩来（左四）、董必武（左二）、邓颖超（右一）等在红岩村

延伸

美洲华侨中洪门组织势力较大。孙中山在 1904 年赴美动员侨胞支持革命时，见识了当时美国华侨堂会之盛况。他在《重订致公堂新章》中说：“凡华人所到之地，莫不有之，而尤以美国隆盛。”梁启超也提到，仅旧金山一地便有 26 个堂所，“其挂名列籍于致公堂者，殆十而七八”。1907 年，冯自由在美国时也看到美国华侨中堂会之昌盛。他说：“旅美华侨之洪门团体，号致公堂，总部设于旧金山大埠，在纽约、芝加哥、波士顿、圣雷士罗省、费城、砵仑、舍路等数十埠，皆设分堂。凡有华侨驻在之地，无处不有之，咸隶于旧金山。华侨列籍堂内者，占十之八九。”全面抗战期间，洪门领袖如司徒美堂等人积极奔走呼吁，不仅将美国华侨堂会组织动员起来支持祖国抗战，也将整个美洲的洪门人士组织动员起来。当时美洲有洪门机关五百余处，会员十余万人。

司徒美堂
8年募捐330万美元支援抗日
被誉为“美洲华侨旗帜”，是纽约地区捐款最多的华侨之一

抗战期间，侨胞为中国做出了巨大贡献。这其中，广大侨领的作用尤为突出。从东南亚到大洋彼岸的欧洲、美洲，涌现出了陈嘉庚、司徒美堂、蚁光炎、胡文虎、庄西言、李清泉、邝炳舜、谭訏等著名侨领。

在祖国危难之际，这些在侨胞中拥有号召力的侨领慷慨演说，振臂高呼，大批海外赤子加入到支持中国抗日的行列。70多年后的今天，南方日报记者有幸联系到了司徒美堂、陈嘉庚等侨领的后人，听他们讲述先辈的抗战故事。

除此之外，当今的美国侨领方李邦琴，正在旧金山发起建立海外第一座抗日战争纪念馆。她说：“我要尽一份海外华人的心力，歌颂中华民族不屈不挠的精神，并提醒全世界人民勿忘战争残暴。”

提起当年美国华侨的抗日救国运动，闻名遐迩的洪门大哥司徒美堂可谓是旗帜人物。他创立并领导了纽约全侨抗日救国筹饷总会，8年全面抗战期间，他为抗日募集了约330万美元，是纽约地区捐款最多的17位华侨之一。

不久前，记者采访了他在北京生活的孙女司徒月桂。

（本文部分内容参考了中国文史出版社出版的《回忆司徒美堂》一书）

纽约唐人街爱国侨胞劝募献金，支援在上海抗战的十九路军

延伸

为组织美洲洪门人士团结抗战，1939 年 7 月，全美洲洪门各堂代表相聚在墨西哥首都墨西哥城，召开全美洲洪门代表大会，重申民族革命之宗旨，宣言维护抗战到底。为统一全美洲洪门组织，以之为抗战后盾，会议决定于纽约成立全美洲洪门总干部。这是继南洋华侨筹赈祖国难民总会之后的又一个跨国性华侨救国组织。全美洲洪门总干部把分散在美洲各地华侨堂会的力量统一组织起来，团结在抗日救国的旗帜下，打破各堂会界限，结束了美洲堂会长期堂号林立、互不团结的局面，使美洲华侨堂会的抗日救国工作进入了一个新的历史阶段，奠定了美洲华侨堂会抗日阵线的基本格局。1939 年 10 月，全美洲洪门总干部假座美东致公总堂举行成立典礼。各国洪门机关电函致贺，“如雪片纷纷驰来，可见各国洪门人士热诚维护总干部，团结其伟大力量，重振其革命精神，统一意志，采取集体行动，以全力为祖国抗战之后盾也”。

典押房屋支持孙中山革命

司徒女士告诉记者，1868 年，司徒美堂出生于江门开平，家境贫寒。12 岁时，他借钱买了一张下等客舱的船票，只身前往美国。

经过在美国的历练，司徒美堂成长为侨胞中的领袖人物，参与组织和领导了美国致公堂及安良堂。当时在美华人大都属于这两个团体，并由此支持国内的革命运动。

值得一提的是，司徒美堂在投身华人社团的公共事业后，富兰克林·罗斯福成了他的法律顾问，那时，罗斯福只是一名实习律师。而后来，他成了美国总统。

据司徒美堂的秘书司徒丙鹤介绍，当孙中山于 1904 年夏天以“洪门大哥”的身份从檀香山到美洲进行革命活动时，司徒美堂在波士顿见到了孙中山，并充当保镖兼厨师，聆听到很多革命道理。孙中山对司徒美堂的组织能力也甚为赞许，并给予指导，着意整顿洪门组织，使其带上革命色彩。

次年，司徒美堂从波士顿至纽约，组织安良总堂，继续从人力、财力各方面支持孙中山的革命活动。

1911 年 4 月，广州起义失败后，国内同盟会成员电告孙中山，急需革命经费 15 万美元。孙中山一时难以筹措，司徒美堂提议将加拿大的 4 所致公堂大厦典押出去，这才及时筹足所需款项。同年，武昌起义后，孙中山归国所需的旅费，也全是由司徒美堂与阮本万、李圣策等侨领提供。

75 岁步行百公里逃离日占区

全面抗日战争爆发初期，司徒美堂即与旅美爱国华侨共同发起了纽约全体华侨抗日救国筹饷总会，并与宋庆龄的保卫中国同盟保持密切联系，积极发动华侨为支援祖国抗战捐款。1943 年从中国回到美国后，他更是辞去了在美的其他职务，专做纽约华侨抗日救国筹饷总会的工作。

当时募捐的名目有：额捐（每人每月额捐 15 美元）、飞机捐、散捐、餐馆的自由捐和公债票等。据统计，8 年全面抗战期间，仅额捐一项即达 1400 万美元，纽约的华侨平均每人额捐约 800 美元。

许多与司徒美堂接触过的人，都被他的民族气节所折服。1941 年冬天，司徒美堂从美国返回中国，经过香港时刚好遭遇太平洋战争。日本欲拉拢其出面组织香港帮会，逼迫其担任维持会长。他坚决拒绝，并趁日军的疏忽化装逃走。其间，他以 75 岁的年老之躯，扶杖步行 100 多公里，脱险抵达粤东游击区，然后绕行曲江、桂林，到达重庆。

曾拒绝蒋介石的要职诱惑

1942 年，在重庆任华侨参政员时，司徒美堂出席了八路军办事处的欢迎会。周恩来向他介绍共产党的武装力量抗击日军主力进攻的情况。司徒美堂后来回忆：“他邀请我参观在延安的共产党指挥部。通过那次会见，我确信共产党人正在与日本浴血奋战。”

司徒美堂在重庆发表坚持抗战、反对投降的演讲，并对官僚资本侵吞侨汇、饿死侨眷的罪行提出抗议。

蒋介石获悉司徒美堂和周恩来见面的消息，提出要他加入国民党，并在中央政府中给他一个职位，但被司徒美堂拒绝了。财政部长孔祥熙来见他，提出由他组建一家代表他利益的中国银行，对此，他也无动于衷。

他不顾国民党右派分子的攻击，通过八路军、新四军驻香港办事处，多次从美洲汇来大批捐款。八路军驻香港办事处中共党支部书记连贯曾说："其爱国之情，感人至深，令人难以忘怀。"

在北京度过最欣慰的 6 年

司徒美堂的秘书司徒丙鹤回忆，1949 年 9 月，第一届中国人民政治协商会议在北京召开。司徒美堂住在北京饭店的 114 房，而住在 112 房的恰好是陈嘉庚，两间房之间是个大客厅。因此，两位全球最有影响力的侨领，一个代表南洋华侨，一个代表美洲华侨，在大厅正式会见了。

"是年陈嘉庚 76 岁，司徒美堂 83 岁，均不会说普通语，只好各带翻译，互以标准的闽南话和四邑话交谈。"司徒丙鹤说。

1949 年 10 月 1 日，在开国大典上，司徒美堂站在天安门城楼东侧第二个大灯笼下，见证了这个庄严隆重的历史时刻。"在北京，他度过了人生中最欣慰的 6 年。"司徒美堂的孙子司徒光回忆说。

陈嘉庚发表抗日演说

■ 延伸

1938年10月10日，南洋各国华侨筹赈祖国难民代表大会在新加坡隆重召开。出席大会的南洋各地168名代表中，新加坡、马来西亚的代表有97人。会议历时四天半，收到提案41件111条。经过热烈的讨论，与会代表一致同意成立南洋华侨筹赈祖国伤兵难民总会（简称“南侨总会”），作为南洋地区华侨抗日救国运动的最高领导机关。大会发表了宣言，并制定了抗日救国的三大任务：1. 联络南洋各属华侨研究筹赈方法，策动救亡工作；2. 筹款助赈祖国难民，并倡导集资发展祖国实业，以维持难民生计；3. 积极劝募公债及推销国货。大会选举侯西反等16人为南侨总会常务委员，候补常委11人，推举陈嘉庚为主席，李清泉、庄西言为副主席，议决在新加坡武极巴梭43号设立总会办事处。

陈嘉庚
筹得侨胞援助抗日首笔巨款
以怡和轩为大本营，号召南洋华人为国出力

怡和轩俱乐部，是新加坡华人社团中的百年老字号，曾经作为抗战时期南洋华人的心脏——南侨总会总部，2015 年它迎来了“双甲子”120 周年纪念。

在怡和轩最美的年华，遇见的那个人如今仍“站立”在一楼的先贤馆里。他，就是怡和轩最辉煌时代的主席——陈嘉庚。

南方日报采访组 2015 年 6 月 5 日走进这里，先贤馆中陈嘉庚的蜡像，西装革履，面带春风。而在怡和轩文化董事李秉萱博士的讲述中，我们眼前浮现出了一代风云人物为同胞命运、为民族安危不辞辛劳募捐的身影……

为济南难民募集逾百万新币

1895 年甲午海战，清军惨败，腐败的清廷被迫和日本签订《马关条约》，日本人不仅割占台湾，还派军舰图谋侵占厦门。

当时 21 岁的陈嘉庚对这段记忆挥之不去，后来他回忆说，割台使“吾闽断却左臂”。当时的新马，有康有为等一批文人鼓吹保皇、保种和保教，孙中山先生也开始在海外活动，宣扬革命思想。

正是在这样的时代背景下，怡和轩俱乐部于 1895 年 10

李秉萱（左）接受《南方日报》采访

延伸

南侨总会是华侨跨国跨地区成立的另一个抗日救国联合组织。加入南侨总会的各地筹赈会有 80 多个，各地筹赈会又设有 1000 多个分会。这些分支机构，集合了南洋地区华侨社会的最基本和最主要的部分。参加者有华侨各帮派、各行业、各团体，被选为领导成员者有侨领、社会名流、记者、教师和基层群众代表。南洋各地华侨如此广泛而健全地组织起来，形成抗日救国的统一战线，这在历史上还是第一次。

南侨总会将南洋 800 万华侨首次聚集起来，它冲破帮派地域观念，不分政治倾向，不分阶级，真正做到“工农商学兵，一起来救亡”。到 1940 年，南侨总会领导的基础组织达 702 个。南侨总会的成立是南洋华侨共同抗日救国大团结、大联合的标志。南侨总会由有威望的侨领发起，并经由国民政府批准成立，有严密的组织纲领和组织机构，在国内外具有相当的权威性。从 1938 年 10 月成立到 1941 年 12 月太平洋战争爆发的三年多时间里，南侨总会积极开展抗日活动，带领南洋广大华侨为支援祖国抗战做出了重大贡献。

月 10 日诞生，这是一个以华商为会员的华人社团。

追溯历史，陈嘉庚与怡和轩的第一次亲密接触是在 1906 年 6 月 30 日。那时，孙中山在新加坡晚晴园主持成立同盟会分会，其间会晤了陈嘉庚。不久，陈嘉庚加入了怡和轩。

1910 年春，陈嘉庚、陈敬贤兄弟在晚晴园剪辫发誓，加入中国革命同盟会。同年 12 月，他当选为新加坡中华总商会福建帮协理，跻身新马华社领导层。

1928 年 5 月 3 日发生了济南惨案，日军屠杀中国外交官员和军民。陈嘉庚以怡和轩的名义发起组织了山东筹赈会。实际上，这是一次由 1000 多名帮派代表出席的全侨大会，大会公推陈嘉庚为筹赈会主席，办事处设在怡和轩。

经过一年多的宣传活动，筹赈会为济南难民募集了 100 多万元新币，是海外华人为声援中国同胞抗日救国而募集的第一笔巨款。

招募 3000 机工赴抗战前线

1937 年卢沟桥事变一个月后，在反日情绪高涨的背景下，新加坡华人社团决定成立新华筹赈会，陈嘉庚出任主席。该会在全岛设立几百个支部，筹赈方式也多样化，有日捐月捐、特别捐、树胶捐、土产捐等。

1938 年 10 月，在东南亚各地华人的要求下，陈嘉庚组织召开全南洋华侨代表大会，大会决议成立南洋华侨筹赈祖国伤兵难民总会（简称“南侨总会”）。

南侨总会取代了新华筹赈会，总部仍然设在怡和轩。在南侨总会的领导下，东南亚支持中国抗战的筹赈运动取得辉

延安各界热烈欢迎陈嘉庚一行。陈嘉庚在延安期间，与华侨青年多有接触。华侨青年不负重托，通过自己的现身说法，让陈嘉庚对延安增添了几分好感和认知，并得出“中国的希望在延安”的结论

■ 延伸

1939 年冬，南侨总会主席陈嘉庚倡议组织南洋各属筹赈会回国慰劳团。在《南洋各属华侨筹赈会回国慰劳团组织大纲》中，明确规定慰劳团的任务主要为“代表南洋各属华侨回国慰劳各省区军民，并考察战时各方面实况”，“慰劳纯为一种情感表示，必须恭敬诚恳，无敷衍简慢之态而予受者以精神上之安慰，藉以鼓励”。

1939 年冬，南侨总会组织的回国慰劳视察团（简称“慰劳团”）由陈嘉庚亲自率领回国。

1940 年 3 月 6 日，南洋各属华侨筹赈会回国慰劳团（简称“南侨慰劳团”）一行 40 多人从新加坡启程回国。3 月 26 日，陈嘉庚与印度尼西亚侨领庄西言、翻译李铁民等 5 人一行抵达重庆。陈嘉庚在发表讲话时阐明了拟在重庆建立制药厂、考察西北交通状况、到各战区拜访军事长官等四项任务，同时慰劳团将 320 万慰劳金捐献给国民政府。

煌成就。从 1937 年到 1941 年，东南亚华人汇回中国的款项高达 55 亿国币。

据李秉萱博士介绍，南侨总会还为中国筹集各类军需用品。1939 年，该会招募了 3000 多名机工奔赴中国，协助解决战时交通运输难题。南侨机工出发前在怡和轩集合，聆听陈嘉庚即席演讲。

机工们的故事，是海外华人声援中国抗战最悲壮的篇章。为纪念这段历史，近年来，怡和轩担起了新的使命。2011 年，怡和轩应马来西亚有关团队要求，联合举办一场重走滇缅公路的壮举。车队由怡和轩门前出发，轰动一时。2012 年，怡和轩与新加坡中华总商会呼吁立碑纪念南侨机工，并于次年在孙中山南洋纪念馆晚晴园内竖立纪念雕塑。

如今，周末的怡和轩时常开设讲座，吸引大批听众，将历史和文化思考延续下去。

方李邦琴女士为《南方日报》读者写下“尊重历史，维护民族尊严，珍惜世界和平”

■ 延伸

七七事变后不久，纽约华侨成立了纽约全体华侨抗日筹饷总会，专职在中西人士中募款，支持中国抗日战争。在旧金山，旅美华侨组织了旅美华侨统一义捐救国总会（简称“旅美救总”），由当地著名侨领邝炳舜等人领导，其下辖47个分会，遍布全美大中小城市，加上其他的救亡团体组织，共有95个华侨救亡团体。

须特别指出的是，全面抗战期间美国华侨妇女组织增多，并相当活跃。1937年8月16日，檀香山妇女献金会成立，1945年12月自动解散。八年间，入会的华侨妇女有2700余人。1939年，旧金山成立妇女新生活运动会。随后，洛杉矶、芝加哥、纽约等城市也相继成立同类组织。此外，其他的妇女抗日救国组织还有不少，如女子方圆社、中华妇女救国会、妇女诚志会、妇女协会，萨克拉门托的妇女尚志会，波特兰的妇女协进会，西雅图的少妇会，纽约的妇女志愿服务会、妇女救国会，华盛顿的中华妇女会等。

发起成立首个海外抗战纪念馆，美国侨领方李邦琴女士接受《南方日报》专访

凝聚海外华人心力　展示中国二战贡献

在方李邦琴的脑海里，回忆时常定格在4岁的某一天——3位正在读大学的哥哥，难忍对日本侵华暴行的愤怒，一起从军抗日。后来，日军进城，她原本幸福的家园被毁，一家人经历了2000多个逃难的日夜。每当回忆起幼年的这一幕幕，方李邦琴还是会忍不住泪流满面。

经过几十年海外艰苦奋斗，如今，她成为美国著名的华人企业家和社会活动家。2015年8月，由她发起的海外第一座抗日战争纪念馆即将在旧金山开馆。开馆前夕，方李邦琴在其基金会办公室里，和我们分享了她的抗战记忆和建馆构想："我要尽一份海外华人的心力，歌颂中华民族不屈不挠的精神，并提醒全世界人民勿忘战争残暴。"

选址曾是华人办报故地

南方日报：您为什么想建这么一个纪念馆？

方李邦琴：2015年是世界反法西斯战争胜利以及中国抗日战争胜利70周年。在二战的欧洲战场，德国纳粹杀害600多万犹太人，犹太人如今在全球29个国家中设立了167座纪念馆；而日本军阀在侵华战争中屠杀了比这多6倍的中国军民，而海外却还没有一座纪念抗日战争的纪念馆。

南方日报：为什么将纪念馆选址在中国城呢?

方李邦琴：我建这个纪念馆，选在旧金山中国城最中心的地带，相当于北京王府井的地段。全世界的人只要来这里游玩，都会看到这个纪念馆。它建在斜坡地上，游客到来还会放缓脚步。他们只要进这里3分钟，就可以达到我们想要的效果。这个地方面积不大，建设没有政府的资助，完全是我们华侨的心意，这是让我感到非常骄傲的。而且，它是华人在1917年创办《美洲国民日报》的旧址，这栋楼也承载着侨胞当年热心捐款、共赴国难的记忆。

南方日报：这个展览主要展现哪些内容呢?

方李邦琴：西方人对二战的了解大多是西方战场，对东方战场了解不多，最多也只是珍珠港事件等。实际上，中国主战场在反法西斯战争中，牵制了日本的主力军。所以，展馆中会重点突出中国对二战的贡献。

我们还想展示的是，中美曾经是并肩作战的盟友。此外，展览还要体现华侨对中国的感情。

80岁老太太捐款不留名

南方日报：纪念馆计划在8月份开放，目前筹备情况如何?

方李邦琴：筹备过程比我原先想象的要难。因为，商业楼要变成纪念馆，美国政府有很多相关的法规，比如要重新设计、加钢梁、要做好残障人士的设施；旧金山属于地震带范围，需要做好防震措施；还要经过公众听证会等。目前，我们终于完成了这些手续，展品在7月底到位了，包括专程从中国运来的100多件珍贵文物。

南方日报: 您发起“一人一元”筹建抗日战争纪念馆活动，进展顺利吗?

方李邦琴: “一人一元”的活动得到很多热心华人的积极响应，参与者现在有10万人左右，这当中有太多令人感动的事情。比如有一位80多岁的老太太，给了我3张支票。我本来想写感谢信，但她没有留下地址。还有很多人热心帮忙，比如参加纪念馆筹建的义工，真的是24小时候命，随叫随到。建这座馆完全依靠的是民间力量。只要我们坚持，一样可以承担起千斤重担。

玖

唱响纪念抗战胜利“黄河大合唱”

广大华侨华人为中国抗战和世界反法西斯战争胜利做出了历史性的贡献。2015年尤其是8月以来，世界华侨华人在各地开展了不少纪念活动，涵盖大型音乐会、座谈会、征文比赛、图片展、纪念大会等多种形式，得到当地华侨华人的热烈响应。

在台山市博物馆，澳洲华侨阮瑜珍驻足在展柜前仔细端详，久久不愿离开。她的哥哥阮布仕和三姐阮莲懿都曾在“飞虎队”工作过，此次展出的“飞虎队”展品，深深触动了她的心，她感慨：“老老幼幼都不能忘记国耻，尤其是年轻一代，这对他们是一次很好的教育。”

这是台山市博物馆推出的以飞虎“精神永驻侨乡”为主题的抗战史迹展览。展品中，既有华侨为支持祖国抗日而购买的债券，也有“飞虎队”队员捐赠的军装和奖章，还有各种关于华侨抗战的资料和实物，很多展品都由海外华人收藏家捐赠。

2015 年以来，南方日报记者在海内外多路采访中，接触到不少热心侨团和华侨华人，他们通过多种渠道和形式，为挖掘抗日史迹、弘扬抗战精神、凝聚爱国之心而齐齐发力，在全球唱响了纪念抗战胜利 70 周年的“黄河大合唱”。

海外纪念活动得到热烈响应

广大华侨华人为中国抗战和世界反法西斯战争胜利做出了历史性的贡献。2015 年尤其是 8 月以来，世界华侨华人在各地开展了不少纪念活动，涵盖大型音乐会、座谈会、征文比赛、图片展、纪念大会等多种形式，得到当地华侨华人的热烈响应。

在美国，美国华商总会联合各侨团举行纪念活动和抗战文物收藏展览，用生动的图片、直观的文物，让海外华侨华人和下一代了解二战和中国抗战历史；

在加拿大，温哥华侨社在华埠举行献花纪念仪式及千人聚会活动，数位已届耄耋之年的二战华裔退伍老兵代表前来参加，有的手拄拐杖，有的坐着轮椅；

在秘鲁，各大华侨社团负责人和侨胞在中山隆镇隆善社会馆一起参观抗战墨宝陈列室，还在首都利马中秘友谊馆举办抗日歌曲演唱会，重温一首首激昂的抗日歌曲；

在澳大利亚，黄埔同学和亲友们与参加过二战的澳大利亚老兵亲属坐在一起，回忆当年黄埔师生在战场上的英雄壮举；

在欧洲，欧洲中国和平统一促进会联手德国侨胞，在柏林召开纪念大会，放飞和平鸽，敲响和平钟……

也有华侨华人尝试采取新的方式，把真实的二战历史和中国的历史价值观传递出去。8 月 15 日，由方李邦琴女士发起的海外第一座抗日战争纪念馆在旧金山开馆，以中国的视角对世界讲述这场战争。作为美国知名的华人企业家和社会活动家，方李邦琴说，要尽一份海外华人的心力，歌颂中华民族不屈不挠的精神，并提醒全世界人民勿忘战争残暴。

在南加州华侨华人举办的座谈会上，美国国会众议员赵美心追溯了父亲当年和两万多名美国华人一起报名参加反法西斯战争的历史。她说，当年美国“飞虎队”参加了中国的抗战，两国人民团结一致抗击日本侵略者并取得胜利。“今天，要珍惜来之不易的和平，绝不允许那场罪恶的侵略战争历史重演。”

欧洲中国和平统一促进会主席张曼新希望借此契机，呼吁更多海外侨胞维护世界和平。

盛大阅兵式让观礼侨胞备受震撼

在9月3日纪念抗战胜利70周年阅兵式上，有来自130多个国家和地区的近2000名海外侨胞受邀赴京出席。其中既有著名抗战爱国将领的后裔代表，也有已届耄耋之年的抗战老兵；既有回国为支援抗战做出贡献的南侨机工，也有当年驾机在空中狠狠打击日寇的华裔飞虎队员……

盛大的阅兵式让现场观看的侨胞们很是震撼。“我们看到中国军队有高昂的士气、精良的装备，也看到世界多国元首来出席纪念活动，这让我们感受到了中国地位的提高。而习总书记宣布中国将裁军，是向全世界宣示中国维护和平的决心。这令海外侨胞对中国的未来发展更有信心。”马来西亚华商经贸总会会长洪来喜这样表示。

此次受邀赴京出席阅兵式观礼的侨胞代表中，有不少是粤籍人士。巴拿马中华商会主席黄伟文按捺不住激动的心情。他说，当年华侨为抗战救国奔走呼号，从财力、物力等方面提供诸多支援；今天，要让全世界了解日本军国主义犯下的滔天大罪，警惕任何企图为日本军国主义翻案、为法西斯主义招魂的言行，维护人类永久和平。

世界各国许多侨胞也收看了阅兵式的电视转播。缅甸广东工商总会的冯英球先生告诉南方日报记者，当天，大家各自在家或工作单位准时观看央视的卫星转播，为祖国的强大感到无比的自豪。

旅美华人来粤讲述“飞虎队”“威水史”

华侨空军战士以及地面空勤人员，是抗战时期空中抗击日军的重要力量，不少人在战斗中献出了年轻的生命。资料显示，归国华侨约占国民政府空军驱逐机飞行员一半以上，广东空军从队长到队员均以华侨子弟为骨干。而美国援华的“飞虎队”中也有上千位华裔青年，其中一个服务大队成员95% 为华裔。

前几年，一些台山籍美国华裔“飞虎队”老兵回到家乡，将珍藏的相片、奖章、徽章、军服、杂志等纷纷捐给当地博物馆。原“飞虎队”空军上尉梁炳聪等美籍华人空军战友，还在祖籍台山市建了一座“飞虎亭”。

美籍华人、美国南加州世界广东同乡会会长陈灿培博士，今年马不停蹄地辗转于洛杉矶、北京、成都、广州、台山等地，围绕纪念抗战胜利 70 周年的主题活动，捐出他多年来收藏的各类飞虎文物史料。他还受邀到文博机构、学校中讲述二战中“飞虎队”的“威水史”。他乐意做这样的事情，希望通过回顾历史，提高新一代美国华侨华人对中国抗日历史的认识，传承爱国爱家的精神。“国家有难，大家都能出钱出力、支持祖国。”

华裔退伍军人李悦后（Howe Lee）是移民后代，在温哥华出生的他，已经完全不懂中文，但这并不妨碍他为宣传华裔军人贡献倾注热情和做出努力。退休后，他在温哥华创办了一所华裔军事博物馆，至今已经有四年多时间。“讲起来十分悲哀。在第一、二次世界大战的加拿大军队中，有许多士兵都是华裔。但这个事实并没有许多人知道；所以这些华裔军人为加拿大所做出的贡献也就更得不到承认和肯定。”李悦后告诉来访的南方日报记者，创建这个华裔军事博物馆的目的，就是希望更多人能了解到，是这些参加过二战的华裔军人，用鲜血和生命改变了加拿大华人的命运。

还有不少爱国侨胞致力于帮助海外民间二战文物回流中国。比如祖籍广东的招思虹女士，近十年来踏遍了旧金山的大街小巷，想方设法搜集中国抗战文物；美国侨领方李邦琴女士捐出二战古董飞机；“飞虎队”指挥官陈纳德将军夫人陈香梅不仅捐赠了私人珍藏的文物，多年来还与丈夫战斗生活过的城市保持着亲密的联系……他们所捐赠的珍贵文物，填补了相当一部分馆藏史料空白。

专访马来西亚拿督、海南会馆联合会总会长林秋雅女士：

“理清历史，才能走向未来”

2015 年 8 月 27 日，在云南省瑞丽与芒市之间的三台山，30 多位来自云南、贵州和广东的南侨机工后代，乘车行走在狭窄而崎岖的滇缅公路上。

当暮色将群山映成蓝紫色时，车才在一处崭新的墓碑前停下，大家来到这座无名机工英烈碑前致敬。马来西亚拿督、海南会馆联合会总会长林秋雅，专程从吉隆坡赶到云南畹町，参加纪念抗战胜利暨纪念南侨机工的活动，然后又赶往机工战斗过的遗址。南方日报记者对她进行了专访。

南方日报：您兼任了机工联谊会名誉会长，为什么对这个群体这么关注？

林秋雅：我过去实际上不了解机工历史，后来看了有关的历史书籍。2012 年 8 月，由马来西亚槟城孙中山协会及 9 个团体，邀请中国的 35 位南侨机工后人来马，参加“亲情中华、寻踪南洋”的演出和演讲活动，我从此与他们结下缘分。

南方日报：我们从机工后代们那里了解到，他们几乎人人都有过历史的创伤。

林秋雅：是的。比如云南民族大学汤耶碧教授的遭遇就很悲惨，她父亲祖籍广东梅县，而她在几个月时就与父亲失散。我陪同他们在新马两国巡回演讲和演出，自己越了解这个历史就越受感动，也就觉得关注机工历史是我们侨胞的责任。

南方日报：在东南亚，知道机工事迹的人不多了吧？

林秋雅：是的。所以华社都组织了有关的图片展和纪念仪式。就在8月26日——我出发来中国前两小时，中国民政部副部长顾朝曦率代表团，在马来西亚华侨机工回国抗战殉难纪念碑前，参加由马来西亚中华大会堂总会主持的纪念活动。

南方日报：槟城华人大会堂联合了十几个华社举行“居安思危，日本军国主义是否复活”等讲座。为什么要做这些事情？

林秋雅：我呼吁要警惕日本极右势力误导年轻人。我儿子后来问我，为什么要不断地揭示70多年前的历史，不是会延续仇恨吗？我说，不是延续仇恨，而是要理清历史，才能走向未来。安倍政府不仅不反思侵略历史，还要强行通过新安保法案，刺激日本海外用兵的冲动。所以我告诫年轻人要居安思危。

南方日报：日本侵略带给各国人民的痛苦仍然还在。

林秋雅：是的。除了中国，当年马来西亚的华人华侨被日军杀害了成千上万。我父亲当年也被日本人抓走，遭受灌水等人身折磨。他的身体从此毁了，不到50岁就逝世了。我的一些追求正义、和平的日本朋友，也做着揭露日本当年侵略罪行的工作。琉球大学退休教授高屿伸欣已经年过七旬，曾进行过心脏手术，但积极从事反战工作。他不仅参加反安倍晋三的游行，还到中国和马来西亚等地，调研日军的暴行事实，在日本发表研究文章和著作。他从 1975 年开始，每年这个时候都率领“和平访问团”，带师生及关注历史的日本人来，了解日本在二战中犯下的罪行，让年轻人警惕战祸，珍惜和平所带来的安乐。

广东省侨办副主任林琳：

报道侨胞对抗战贡献很有必要

“广东是全国第一大侨乡。南方日报组织这次‘抗战中的海外赤子’专题系列报道，非常及时、必要和重要。”省侨办副主任林琳受主任李心的委托，向南方日报关于侨胞对中国抗战的贡献的报道予以高度评价，对参加报道的南方日报记者和暨南大学学生表示感谢。

林琳归纳说，华侨参加抗日，“是中国抗战史的一个部分，是海外华侨史的一个部分，是广东华侨史的一个部分”。他强调，这也是对抗战进程带来重大影响的部分，是华侨史最光辉耀眼的部分。“抗战中的海外赤子”专题系列报道，既有对海外侨胞支持、参与抗战情况的全面介绍，又对侨胞在抗战中形成的许多群体，如南侨机工、华裔飞虎队员、纽约衣联会的工人等做了专门介绍；同时还突出了陈嘉庚、蚁光炎和郑潮炯等典型人物的贡献，特别是其事迹背后所蕴含的精神。

当年，华裔飞虎队员基本上是广东人，南侨机工中粤籍也占了很大一部分。他指出，这组报道整理介绍了许多史料，又通过在国内外的实地采访，特别是采访了与抗战有关重要事件的亲历者，增加了报道的可读性和可信度。南方日报关于华侨，特别是粤籍华侨历史贡献的宣传，对相关部门进一步重视和加强侨务工作，在新形势下弘扬粤侨精神，凝聚海内外中华儿女的力量，具有积极意义。